芻議漫筆

孙满成 著

未非署签

图书在版编目（CIP）数据

莒议漫笔 / 孙满成编著 . -- 哈尔滨 ：黑龙江美术
出版社，2020.11
　　ISBN 978-7-5593-6789-1

　　Ⅰ．①莒… Ⅱ．①孙… Ⅲ．①散文集－中国－当代
Ⅳ．① I267

中国版本图书馆 CIP 数据核字（2020）第 232294 号

DAN YI MAN BI
书　名：莒议漫笔
出 品 人：许勇
著　　者：孙满成
编　　辑：倪申杰
责任编辑：颜云飞
装帧设计：倪申杰
出版发行：黑龙江美术出版社
地　　址：哈尔滨市道里区安定街 225 号
邮政编码：150016
发行电话：（0451）84270522
经　　销：全国新华书店
印　　刷：北京久佳印刷有限责任公司
开　　本：787mm× 1092mm　1/16
印　　张：16.5
字　　数：156 千字
版　　次：2021 年 1 月第 1 版
印　　次：2021 年 1 月第 1 次印刷
书　　号：ISBN 978-7-5593-6789-1
定　　价：88.00 元

作者简介

孙满成，墨缘阁主人，中央国家机关书法家协会会员、北京书法家协会会员、中国画报协会会员、复旦大学哲学院王蘧常研究会理事、苏州华夏书画院副院长、常州孟河书画院副院长。

1963年生，黑龙江人，高级工程师，长期从事建筑、园林、装饰设计央企管理工作。自幼酷爱写作、书法、绘画。近十多年来更受国学大师冯其庸先生点拨指津，受益匪浅，其文章多在报纸杂志上发表，著作有《萱堂稚笔》等。

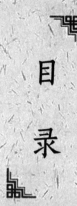

目录

父 母

恩 师

挚 友

家乡

工作

感悟

后记

序

王运天

篆刻家、书法家

原上海博物馆书画研究部副主任，出版摄影部主任

《苕议漫笔》序

满成孙兄，黑水佳木斯人氏，身材修长，有激情，笑脸常驻，北人南相，厚重而机灵，钢中带柔，治理有方，事业可成。居京城，果不沾沾自喜，又喜读书，闲时书画。与雕塑名家界首纪峰兄、名画家古吴钱君金泉友善，复从宽堂冯其庸教授游，得古今学问，视野为之宽，异于同道者。

近其有《苕议漫笔》丛稿见示，集平时所积，散文、游纪、诗歌、书画，言及家世、工作史、浮生哲学，更可感悟其与宽堂先生之莫逆情操，煌煌二百余页，有言及前辈学人，旁及左右之趣文逸事，鄙大都熟识，故读是稿如入故乡，如旧闻新传，不亦乐乎。此书之成是满成兄新之起点，他日必厚积薄发，前程无限矣。是为序。

2020年9月23日

渴望文化
——孙满成《菑议漫笔》序

　　孙满成在众人面前总是少言寡语，站在人群后面，认真倾听。目光相遇的时候，他便点头示意，眼神里都是真诚的微笑。高大英俊的男人又如此谦逊，谁能不生好感。冯其庸先生家的客厅，总是高朋满座，各路豪杰常汇于此。冯先生说到满成，多以字画相许，满成最用功，进步极大。所以最初推断，满成应该是位艺术家。对于书画行业，我的知识甚浅，但钦佩艺术家们的天才与勤奋，心中顿时注满敬意。后来慢慢熟悉了，满成的故事知道多了，敬意也积累更多了。

　　所有的理由，都证明满成不该向书画方向发展。他出生在黑龙江佳木斯的乡下，文化的状态除了用贫瘠形容，别无他法。1980年满成高中毕业之后，考入黑龙江省建筑工程学校，从此一生交给了中国的建筑事业。1983年毕业参加工作，重建被大地震破坏的唐山，慢慢地开始担任各级负责人。2001年满成到了北京。建筑师绝对是中国最耀眼的工作之一，每天感觉到时代的进步，看见高楼大厦平地起，其实都是满成他们的工作业绩。即使不明白建筑，也知道建筑师要与钢筋水泥、砖头瓦块打交道，虽然听说过建筑美学的概念，说建筑也讲究旋律对称等音乐之美，但总觉得那是设计者的美学、工程师的美学，它们与建筑工人的距离，跟我们建筑之外的人一样遥远。

满成显然很热爱他的建筑。他讲过一件事，立刻让我提高尊重。他说，建筑工作辛苦，尽人皆知。但是，每每看见一座建筑在自己的劳动中茁壮成长的时候，成就感、喜悦感就会油然而生。为此，他珍惜他建设过的每一座建筑，甚至会不厌其烦地把劳动过程中各种资料都整齐地搜集在一起。多年来，他这个习惯始终保持，未曾中断。我的历史学思维立刻被激发出来。中国建筑，绝对是中国发展最有力的证据，如果有人能够书写一部当代中国建筑史，定能成就一部伟大的著作。满成看我激动，很轻松地笑了，说这是他退休之后的计划。不管你怎样定义人生，能否从历史的视角看待自己的工作，这注定是人与人不同的一道界河。在中国建筑大军的汪洋大海中，有几人能把自己的劳动与历史联系起来。未来是否会诞生一部伟大的中国当代建筑史，那是另外一个问题。当一个人把自己的具体工作与历史演进连结起来的时候，已然提升了精神的高度。

不过，满成获得冯其庸先生的赏识，还是在书画方面的用功。冯先生的一生可以用自学成才来概括。他早年生活艰苦，常常失学，从小学到中学，断断续续，硬是依靠强大的毅力和亲友的帮助，完成了学问基础的打造。冯先生一生喜欢助学，尤其对于刻苦用功的年轻人，向来是倾力帮助。在冯先生的教外别传名单中，显然有满成的大名。满成有文章记述自己跟冯先生学习书画、收藏，点点滴滴，感人至深。满成对冯先生的感恩，溢于言表，他核心的看法是，感恩冯先生把自己的一点业余爱好，提升为文化行为和文化创造。

读满成文章，欣赏满成字画，我也深有感触。与满成的自我认知不同，我经常思考的问题是，是什么因素让满成走上了书画创作的道路？冯其庸先生三年前驾鹤西去，作为一个文化现象，冯先生的学术人生值得研究。我认为，冯先生在西学激荡的年代，却打下了国学的深厚基础，除了个人努力之外，江南国学的环境是需要给与足够重视的。此后，那样丰厚的国学环境一去不复返。如今，阅读满成的经历可知，满成的早年读书环境，确实无法与冯先生的早年环境相提并论，贫瘠是基本写照。那么，满成怎么也走上了这条文化之路呢？

满成的爷爷是一位地方书法家。其实，满成没有见过自己的爷爷，所有爷爷的故事主要来自父亲的讲述。爷爷是家乡那个镇的书法家，当地很多招牌出自爷爷的手笔，爷爷因此赢得极大的尊重。满成的父亲对书法也有所理解，曾评价满成的字"没有劲"。但我理解，父亲的讲述似乎重心是鼓励满成把字写好。满成的姑父在部队工作，写得一手好字，每当姑父来信父亲就让满成朗读，用意依然是让他注意书法。此外他还在不同阶段遇到过擅长书法的老师。这些条件，就足以把满成推向书画吗？

满成很会讲故事，最初我以为这是口才问题。他讲祖辈的历史片段，抗战时期末，在一个东北小镇，存在着各种力量的明争暗斗。一个小人物，怎样在这种错综复杂的环境中生存，显然是大问题。祖辈曾经很顺利，各个派系都能沟通。但最终还是走投无路，只好逃亡外地。感觉满成要调查家族历史，顺便把当时的东北状况描绘出来。这不是口才问题，这是历史传记，是标准的文化创作。

满成的母亲也是有故事的人。老人家虽然根本不识字，但挡不住强烈的创作愿望。她看电视要记录，要写感想。对生活，也有很多话要说。不识字如何书写？这没有难住老人家。她用画。每天都要画，用图画表达思想，表达喜怒哀乐。结果，日积月累，浩然成册。老人家的绘画生活，得到了满成的赞美和鼓励，这成了老人家继续画下去的动力。满成的想法是，老人家的绘画生活，是一种健康的生活方式，感情得以抒发，意见得以表达，从身体到心理，自然畅通愉快。满成还帮助母亲打理这些作品，装订成册，预备印刷出版。这看上去是个单纯的孝子行为。但我这位观察者却受到了极大启发。

书写行为，如果仅仅是学生的作业，那不过是文化学习的一种训练。在今天，不管哪个行业的劳动者，读写能力都是最基本的劳动素质。但是，书写一旦转变成为生命自觉行为，同时获得的就是人生的自觉、文化创造的自觉。所有的人生都是一样的，是自觉程度拉开了人生质量的距离。如何判断自觉的有无呢？阅读是学习成长，书写是文化创作。书写的背后若隐若现的就是生命的自觉。

有心理学家研究人的需求层级，从物质性到精神性。人生是有限的，文化是永恒的，怎样的生活才能有效地对抗有限的人生呢？中国古人有"三不朽"之论，"立德"太伟大太遥远，"立功"可遇不可求，只有"立言"最朴实亲近。而"立言"最普通的方式便是书写。书写是文化，用书写表达生活意见就是文化创作。至于书法绘画艺术，因为专业性更强，技术要求更多，属于更专门的文化创作。

我终于读懂了满成。从写好字开始，满成内心的一种渴望便被点燃，虽然文化环境很贫瘠，但他满眼看到的只是亮点：爷爷写的他从没有见过的牌匾，姑父很久才会寄来的一封书信，偶而才会出现的漂亮粉笔字……尽管，上学工作都与这些无关，但这份渴望从来没有消失，越是困难重重，渴望反而越热烈。是这些渴望，减轻了生活中常见的困苦；是这些渴望，让他从没有放弃希望和努力。为什么冯其庸先生给满成带来了那么强烈的震撼？那感觉就像是一直一分一厘积累财富的孩子，忽然得到了满屋子黄金。

满成内心的渴望，就是文化渴望。

2020年10月8日北京老营房

自序

　　我来自于白山黑水间一半工半农之家。弱冠即登职场，于上世纪80年代初毕业，被统分至关内一央企，从事建筑、装饰、园林专业方面管理工作达卅余载。然萦绕脑际之文化情愫却挥之不去，遇有闲暇便以阅读为趣。兴致所至，即码字以豆腐块之短句或文章，且偶有发表；文章之余亦东涂西抹以所谓书画，附庸风雅之。

　　参天之木起于稚苗，千层之厦起于垒土。成人之路非旦夕而至，所受父母之恩重于千斤，而今我等晚辈一直以来对高堂生平所知甚少。我今逾知天命之年，方觉不孝而为之愧疚，遂补以探询，行篇以椿、萱简述辑录于本书之首，旨在启发我等晚辈铭记感恩、施以传承，更期之以家道世代绵长。

　　我自知文字功底与书画基础积弱，文化修为亦差强人意，然上苍不负，不惑之年后有缘结识诸多良师益友，并得之以悉心指导，言传身教。此其中，对我施以高屋建瓴，悉心指教，令我所受益终身者，当属近现代文化大家冯其庸老。与其结缘十余年，并频繁向其拜访叨扰，聆听其亲切教诲，释疑解惑。关于读书修为，冯老曾对我谆谆教导："要多读书，尤其多读古书"；"学习就要向高人学习，这不存在瞧起谁与瞧不起谁的问题"。书法学习方面，冯老曾亲选《欧阳询九成宫碑》影印本赠我，并指以学习路径。绘画方面，提醒我如绘事以山水，当多临习宋元山水画为要。

时年我从事园林设计施工管理工作，冯老又提醒我宜多研读当代园林古建名家其好友陈从周的《说园》等著作。每每忆其情景，内心便生无限感激。

在与其忘年交之十余年里，每每内心感动之时，便录以感悟文字，此书辑录其中十余篇，以示对冯其庸老之景仰与缅怀。

几十年的职业生涯，可谓风餐露宿、东奔西走，我也算足遍神州，然而多以履职出差为主，每至一地，事毕即返，行色匆匆，极少闲情逸致而借机旅游。但亦曾偷闲告假，专程与友结伴或文旅或聚游，现辑录游记六篇于本书。

这其中，尤以我与好友纪峰两家人一同去敦煌、炳灵寺的旅游过程最为深刻。察莫高窟灵动飞天壁画之精美，感曾经中西文化高度融合之盛况；体会佛教徒供养之虔诚；驱车于大漠边缘至阳关故址，体察大漠边关戍边将士"西出阳关无故人"之凄凉；置身于玉门关遗址，抚千年之马草；过千年泥草堆砌之汉长城；入以飞沙走石如刀削雕塑之魔鬼城，仿佛王昌龄笔下之"龙城飞将"伟岸，又凛然再现。出河西走廊，返至黄河上游之甘肃永靖，于刘家峡水库逆流而上即是炳灵寺石窟。此乃我曾游历之洛阳龙门石窟、麦积山石窟、敦煌莫高窟之后又一佛教名胜也。

我一直对文化名流倍加尊崇与仰慕,遂常附庸风雅以侍机追随。2015年末我和纪峰自北京与上海的王运天、丁和二位老师相会于香港,应邀参加饶宗颐老之百年学艺展、百岁寿宴。高规格的文化盛宴充分彰显了国之大儒饶宗颐老中西合璧的文化魅力!为此,我做了详细的记录。这次一并编进书中。

唐人张继有诗曰"姑苏城外寒山寺,夜半钟声到客船",引无数游客谒往江南千年古刹苏州寒山寺。我也不例外,适逢癸巳(2013年)春节携家眷亲戚十余口前往,游园、敲钟、吃斋饭。更有姑苏师友钱金泉引荐,拜见秋爽方丈,入其客室,与其热聊,互赠书画作品。堪以禅尘脱俗之像,遂以短语记之。

已亥(2019年)秋分时节,我携妻随亦师亦友之钱金泉老,往绍兴拜访书法名家朱非老。履及圣地,不可错过参观鲁迅故里,亦不可不拜谒古之山阴之兰亭。蒙蒙细雨中,饶有兴致于茂林修竹间临溪水以寻觞。煞有介事、装模作样,附庸风雅以千年书圣之逸少。

古楚申州,今之信阳,有富贾之陈某邀我等卅之又五载同窗聚游,察其矿,观其厂,游南湾湖。乃关东人游中原地,兴致勃勃,意犹未尽!

我本白山黑水之关东汉，几十载背井离乡，眷恋之情难舍，难得偷闲结伴发小同窗，临松花江之奔流，登三江平原第一高峰之峰巅，感关东故里之旷邈与壮美。

至此，游记六篇覆以神州方位之东、西、南、北、中，明之以惬意满满，不枉其行矣！期之以闲暇，再深度游以神州！

我今已人生逾半，每每回首，常感碌碌无为而虚度，遂常自责矣。然经细细咀嚼，竟也于酸甜苦辣中溢出几多甘饴，甚感欣慰！亦有所感触，有所忆念，有所记述。亦辑录感悟类拙文诸篇，惟以释怀。

此本拙书诸篇，皆为我卅余载职业生涯之业外笔触，其中逾半登载于有关杂志、报刊；亦有个别被辑录于相关文集中。余其部分乃本不愿示人之生活散记，怯之以文采不济，恐有词不达意、句不成章之弊。然随之以职业生涯渐结，方有闲暇整理校正，不断揣摩思忖。综其诸篇所述内容，未曾发现不合时宜之处，遂一并辑录之；又思己之所学非文，文字基础积弱，功底不尽人意，遂将拙书名之以《蒭议漫笔》。顾名思义，乃草野平民之刍议，不拘形式随手写出之拙文矣。幸之以中国人民大学著名教授孟宪实仁兄抬爱，不吝赐教，多次指正完善；又得以上海博物馆篆刻家书法家王运天老师校稿指正；再有兰亭故地古之山阴绍兴之书法名家朱非老赐墨题写书名。得三位高人之无私提携，使拙作增色溢彩，使我受宠若惊，对此不胜感激，深表谢忱。

拙作乃鄙之文集，文章分别结笔于不同时期，其中所阐发议论虽出自个人本意，然时过境迁，难免有不适时宜之弊，敬请批评；缘之以本人才疏学浅，多有局限，词不达意之章句在所难免，还请不吝赐教，多多海涵！

拙作成书出版过程中，得到了诸多高人指点与朋友帮助支持，在此深表谢意！特别感谢好朋友倪申杰在编辑过程中的辛苦付出！

孙满成　2020年10月28日

椿庭简述

家父22岁留影

　　家父姓孙，名华中，祖籍山东荣成。1939 年 7 月 12 日（农历己卯五月十六日），诞生于黑龙江佳木斯西郊伪满清水珠机场东（现佳木斯市长安路附近），幼年随父颠沛流离，少年丧父，有一妹小其六岁。

　　先祖父孙耀东，生于 1903 年（清光绪廿九年，农历癸卯年），行四，有三兄一姐一弟。懂枪械，能训兵；又识文断字，善读书且墨法出众。其墨迹常留于家乡庙堂之抱柱、功德簿、匾额等，时称其为"孙先生"。家父曾回忆：那时家中所藏笔、砚、笔帘等文具齐备，其幼学之仿影皆出于先祖父之手；家中藏有很多书，但只有其私塾课本楷体清末版《百家姓》被家父保存至今。

黑龙江省巴彦县天增镇宋家岗村

　　先祖父曾因日伪时期迫于生计而司职于警署文书之职而诟病于人，遂常自责于己。时逢新中国成立前的 1948 年 7 月，社会秩序混乱，又因其不适农活，生活难以为继，遂变卖家产（一匹马，几亩田），一家 4 口往哈尔滨平房区腰屯，投奔子侄（孙华清）。在那里居住一年多后，仍觉不是长久之计，决定返回佳东太平山。返途中顺便探望兰西、巴彦等故地之亲戚。1949 年深冬，到达巴彦县天增镇宋家岗之远方侯姓外甥家，因路途辛劳，身心憔悴而患重症感冒。因口渴难耐，于深夜而挪病身至外屋水缸旁，不慎摔倒而昏厥，致其外甥生厌，疑其患疟。遂被强行拖其至窗外，施之以沉重爬犁压身。屈腿呻吟而惨逝于冰天雪地、凛冽寒风中，享年仅四十又七。

翌日，被草率装入残破炕柜，施之以冰雪覆盖暂置于巴彦县宋家岗之东南岗坡。翌年冰雪消融之时，方下葬。苍天有眼，后闻其远房侯姓外甥不久便罹患疔毒于爪，不治身亡。

先祖母姓刘，名玉贤，祖籍辽宁。小先祖父18岁，时称其为刘家二小姐，系满族正蓝旗后裔，家境富足。行二有两兄一姐两妹，容貌姣好。年幼曾患癫痫，偶有发作。与先祖父成婚后，备受先祖父之呵护宠爱，育一男一女，即家父与姑母。先祖父去世后，改嫁于20公里外之桦川县四马架村王家，又育两男两女。晚年嗜烟而患严重哮喘病。于1985年5月初病逝，享年65岁。

家父出生时，先祖父已年届36，故其倍受娇惯与宠爱，吃母乳竟至5岁，且常随先祖母赊账饱食麻花等高档食品。适逢兵荒马乱民不聊生之动荡社会之际，如此奢侈，时为少见。家父幼时生性聪颖，亦任性顽皮，虽四岁即入私塾，读书习字。然因先祖父对其宠惯，且少施管教而放任自流，遂成村中孩子王，致仅一年级就读了四遍，直至先祖父去世也只读至小学二年，后随先祖母转至四马架后又续读四年，方小学毕业。年方16才步入社会，辅佐继父耕作于田间，农闲时节亦常回其出生地之太平山村，探望其年迈之外祖父母。

1961年8月6日作者父亲（二排左三）于双建电工留影

　　时值1957年家父年届18，前往双鸭山市投奔其两位舅父。下井挖煤仅两月，因体力不支，便改向时在双鸭山市建设工程公司工作的大表兄刘占坤学习电工。业务进步很快，三五年间竟升为四级工，工资已达每月60余元，为同事中之佼佼者。其电工业务之建筑照明、配盘布线、立杆架线、缠绕定子及修造电机等样样精通，受益终身，更授益于子嗣。

　　三年困难时期之1960年，家父经乡亲介绍与家母成婚。1962年6月5日（《下放证》日期）以照顾先祖母为由申请下放回乡而获批，得安置费三百多元，时为一笔可观之巨款也。然而，因其回乡之初不适农活，遂消极怠工于家中，达半年之久。加之辅佐先祖母一家等10口人之生活费用，安置费也很快消耗殆尽。

家父身高一米七〇，长相精明，大耳垂轮，不苟言笑，略显持重。年轻时身材瘦削，但身体素质较好，酷爱游泳、篮球等。回乡怠工期间，常配合省队退役返乡之戴姓蓝球队员组队，打前锋位置。

时至1963年仲春，四马架村通电工程启动，家父大显身手，带领乡亲立杆架线，安电灯于诸户，便成为本村名副其实之首位电工。其后，随着人民公社所在地迁至本村，且火车站、粮库、供销社、邮局等逐渐驻入，不久，司马架村即达乡镇之规模。家父亦随之负责全镇之电工业务，安装电表、计收电费、修理电动机具等。

20世纪60年代末，村里成立制米厂，厂内机器皆由家父负责组织安装调试，并实施加工业务。予曾记得，置两台制粉机、三台制米机，剩余之米糠尚可辅助家里养猪。后来还做过两年生产队长。至此，有家母在生产队务工之收入，又有家父电工、米厂之业务补贴，家境较为宽裕。乡亲们赞家母勤劳之同时，更夸奖家父头脑活络。

进入70年代，社办企业初兴，家父即被邀请组建社办砖瓦厂，负责电器与砖机技术维护业务，并担任厂机电车间主任。享有高工资待遇。时首任厂长曾语之，家父之工资待遇相当于县委书记之待遇也。家父业务之高水平得到全厂公认，自然深得重用。每逢东北春末，砖厂进入生产旺季，家父即起五更爬半夜，兢兢业业，认真负责，几乎三五个月不曾休息一天，直至深秋生产结束，方得修整。翌年开春又得投入设备检修及生产准备工作。往而复始，达二十年之久。

家父对先祖母之孝顺，乡亲们有目共睹。时其继父年事已高，家父对同母异父之弟妹更是呵护有加，尽其所能，操心费力，结婚成家、盖房，调解家庭矛盾等事无巨细，极尽其长兄之责。

1993年后，家父停掉家乡所有工作，将所分土地租于他人，携家母投奔子女，往返于关内、关外。后在唐山购置平房小院一座，不久即拆改动迁得两室一厅之楼房。遂正式移居于唐山，又在长子所在公司兼职更夫达十年，方颐养天年。2002至2010年间，还几乎每年往返家乡至少两次。2008年，家父虽年届古稀，又在家乡盖起三间砖瓦房一座，旨传于后，乡亲们无不啧啧赞许钦佩。

家父与家母育有三男两女，然只对我的早期教育抓得较紧，对其他子女却因忙于工作而无暇顾及。但对其德之教育要求甚

福因 福缘 善庆

孙满成 书

高，堪称严父。1980 年，我考学辞家。不久，家父即分别将两个弟弟和大妹托与鹤岗的姑父姑母，而迁往鹤岗，并敦促其帮助就学、就业。对此，姑父姑母亦想方设法，尽心尽力，功不可没，我等晚辈将举世铭记。对于小妹妹，家父亦吩咐我设法将其迁入了唐山。至此，其五个子女一生避开田间劳作之苦。

家父堪称惜财勤俭之楷模，与家母可谓"搂钱之耙子，锁钱之匣子"。在物资相当匮乏之上世纪六七十年代，家中便齐备自行车、手表、缝纫机、挂钟等。自我记事，未曾见其因缺钱而皱眉，反之，凡有乡邻与之赊借，家父皆大方允诺。每逢年关，必屠自家所养肥猪一头，部分变卖，部分用于改善生活；

并吩咐家母为五个子女分别缝制一套新衣。

家父古稀之年秋季患轻微脑血栓，致左臂不尽灵活。四年后，又因其返家乡之旅途劳累，致使病情加重，入佳木斯中心医院治疗。出院即乘机经北京匆匆返至唐山家中，至此身体行动多有不便，时常卧床，以大弟与大妹为主精心护理。

而今，年至耄耋之家父，虽行动不便，但精神尚佳。有家母及其子孙陪伴与呵护，亦自觉幸福之至！我等子女期之以家父过米寿、奔期颐之年！

敬录于 2019 年 9 月 19 日

修改于 2020 年 9 月 10 日

萱堂简述

家母1997年12月于天安门前留影

　　家母姓潘，名亚琴。"七七事变"之后之丁丑八月，诞于辽北开原县中固镇白庙村，不满两岁随先外祖父母迁回松山堡半砬山子村，在这里成长至20岁，又随父母迁至中固镇王广福村，至24岁逃荒到黑龙江。半砬山村与中固镇比邻，地处辽河中游东侧，北邻清河水库，南依素有开原八景之一"松山象笏"美誉之象牙山。群山绵亘，物产丰富，物种繁多，乃著名山果、野菜之乡。

　　先外祖父潘永惠，曾为东北军鸽子兵（信号兵），识文断字，至晚年仍"之乎者也"，颇具晚清迂腐文人之相。然因其年青即染食鸦片，致其体弱而不治农业，遂家道中落。，新中国成立前后，曾任村长。后从事小商贩以勉强度日。先外祖母潘方氏，长先外祖父四岁，系开原县中固镇王广福村方姓大户

辽宁省开原县松山镇半砬山村

人家之女，寡言温和，柔弱质朴，育有家母等三女。

家母行二。其姐潘淑波，年长其五岁，早嫁本村刘家，生三男一女，后迁至辽宁朝阳北票。其妹潘亚仙，小家母八岁，嫁本村另一刘家复员转业军人，生一男两女，后举家迁至铁岭，并为先外祖父母养老送终。

家母未满 10 岁，因其姐早嫁即操持家务，辅佐父母。24岁前之 10 余年里，扛鼎养家，出入田间，稼穑务农；替父出工，修坝筑堤，多次获得"劳模"称号。其至今仍念念不忘于关门山水库出工时，工地广播喇叭里受表扬之情景，每每谈起得意满满之情，溢于言表。

时值三年困难时期之1960年，先外祖不忍其负重挨饿，遂敦促其随乡亲逃荒至黑龙江佳木斯东桦川县四马架村务农。翌年，因其容貌姣好且勤劳持重，为人谦和，经人介绍与时在双鸭山市建设工程公司做电工之家父孙华中结婚。育有三男两女，即满成、满祥、满丽（女）、满玉、满霞（女）。

分田到户之前，家母亦务农于生产队近廿年，可谓"巾帼不让须眉"。常为田间耕作之"打头的"（因能干而带队者），所挣工分与男劳力等同，且每日收工顺路或捡柴或采野菜而归。

据家父回忆，时家母能负重，逢秋季分粮，近二百斤之一麻袋粮食可肩扛至家，令男人汗颜！家父晚年亦常提起，其赞许、得意之情流露于眉间。

农闲时节，家母每天做三顿饭、洗洗涮涮而勤劳于家务，还要养猪。除此之外，记忆中家母聪慧，心灵手巧，一家7口之衣服均由家母裁缝，且可裁剪中山装等复杂样式，帽子、书包等无一不能。因时已有缝纫机，故缝制起来速度很快。单衣、棉衣皆可，曾为家父缝制过两件难度较高之羊皮袄，其时为东北流行服装也。

2017年母亲留影

家父于 1962 年下放回乡，因不适农活，只有发挥其业务特长，做电工于村、乡。架设线路并走街串巷主收电费，兼修家电。后于社办企业砖厂，负责电气、机械技术工作 20 年。上世纪 80 年代初，分田到家之数垧田地之春耕秋收活计，皆以家母为主。此外养耕牛一头以备春耕与秋收之用；且每年饲养一口肥猪，年终由家父宰杀，变卖猪肉以补贴家用。家母贤惠勤劳，不让须眉，有目共睹，备受乡亲赞誉。

家母身高一米六 0，慈眉善目，和蔼可亲，为人友善，然因幼时常着凉炕，致腿微弯（俗称"罗圈腿"）。外加半生常负重劳作，遂晚年患腿疾，常觉不适。

1993 年后，家母随子女逐渐移居关内，居于河北唐山。

2010 年 9 月中旬，回家乡小住期间不慎摔伤致股骨头粉碎性骨折，入佳木斯中心医院治疗，国庆期间返唐山家中。痊愈后，依赖小型轮椅车代步，多有不便。但其乐观豁达，思维敏捷，耳聪目明，时常语出惊人，引子孙捧腹。

几年来又添之以新趣，尽其所想，即学字、仿字、造字以日记、写彩票；施以拙笔绘其人物故事、山川茂林、花鸟鱼虫、飞禽走兽乃栩栩如生，涂之以色彩，异同于几千年前贺兰山岩画之原始古朴，千余年前大唐地宫壁画之简略，记录其大半生之乐事（我与三弟已编著有《萱堂稚笔》出版记之），乐此不疲！出乎所有人所料，气质儒雅，亦俨然一文化老者矣！

家母大半生劬劳艰辛于田间与家舍之间未曾间断，无怨无悔；时值耄耋，又勤思忆其美好之过往，咀嚼其酸甜苦辣，乐观豁达以笑对人生，乃家中一宝也！子孙之楷模也！如今已四世同堂，尽享其含饴弄孙，颐养天年之快乐，有家父陪伴，更有子孙呵护。我等子孙期之以家母过米寿、奔期颐之年！

短短文字，不尽详述，暂搁笔至此！

敬记于 2019 年 7 月 24 日

修改于 2020 年 8 月 8 日

感悟传统

——《萱堂稚笔》序

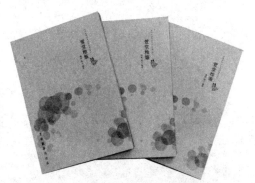

作者为家母编著《萱堂稚笔》

近些年，工作之余，或旅途中或就寝前或节假日，我常以游览阅读为趣。尤其喜欢名人传记，诸如：几种版本《梁启超传》《胡适的口述自传》、林语堂的《苏东坡传》等，还喜欢读一些家书类的书籍，如：《曾国藩家书》《品读家书》、曾仕强的《家风——遗失的优秀传统文化》等，开始关注了解其传承的内容、方式与特点，尤其对家教方面的文化传承更感兴趣，也因此有所体会。

首先，文化传承，人人有责，人人参与。由于古代的传承多以统治阶级士大夫阶层为主，相对比较民间的文化传承是小众的、有限的，占比很小且多以家传为主。其主要原因是民众的文化普及程度受社会进步程度所限。而在知识大爆炸、科学进步异常迅猛的当下，各种媒体飞速发展。大众的知识猎获渠

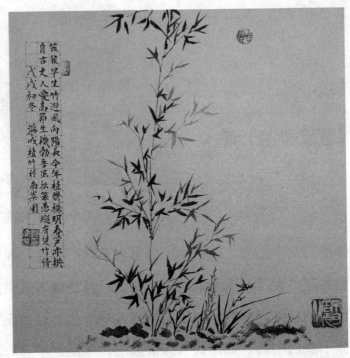

《墨竹》 孙满成画

道、数量不断增加，质量水平亦不断提升，国民的文化素养也因此得到普遍提高。但在传统文化传承的系统性研究相对较少，以己拙见，这与近百年来文化教育偏重科学技术不无关系。

其次，古代至近现代名人传记，皆为文言文或半白话文体，言简意赅，字字珠玑，回味悠长。多出自于统治阶级士大夫阶层，所占角度也多以为维护统治阶级的利益服务为主，历史局限性很大。只有随着时代的不断进步，研究推理水平不断提高，历史才会越来越清晰。

第三，书札的存在由来以久，内心世界的流露付诸于笔端，使交流真诚、真挚，信任度更高。这其中，当属家书的真诚度最高。子对父母的"孝"、兄弟之间的"悌"、父母对子女的"爱"，融墨汁尽洒于笔端、信笺之上，一封封真真切切，带着温度与关爱，带着期望与重托，带着祖辈的叮咛与嘱托，一代代地传承着。

第四，随着当下科学技术发展的突飞猛进，传统的世界观、人生观、价值观受到极大的冲击与挑战，人们的历史责任感和担当意识明显弱化。

第五，传统的家族模式几乎荡然无存。在此物欲横流的现实中，个性的自我膨胀主导着碎片式的小家庭模式，且独立性越来越强。单身主义、丁克家庭已渐成普遍。

第六，当今社会的知识获取渠道异常丰富，知识在爆炸，然而，这不能等同于文化的发展与进步，甚至很多人还没有搞清楚什么是文化及其与知识的关系。"有知识、没文化""重知识、轻文化"的现象极为普遍。尽管文化复兴已在进程中，但又有多少人在思索，自身的文化素养怎样；又有多少人在体悟，真正认识到"没文化真可怕"；又有多少人在分析总结，我们的家庭、家族或其所在社会团体的"文化主题""文化氛围"如何，如何鉴别、鉴赏与传承优秀的文化？

第七，当今社会，微信、微博等媒体传播形式百花齐放，层出不穷；快餐文化、碎片式文化渐成常态；蜻蜓点水式的涉猎，一闪即逝的感悟，乃至各种"心灵鸡汤"等等不胜枚举，让人不假思索或略加思考而不断点赞。同时，在科学飞速发展、而不断催生出新生事物的知识爆炸阶段，我们的记忆与经历有必要有效地传给后代，但是以己拙见：没有体会的积累，很难沉淀下来。

扪心自问，鄙人才疏学浅，孤陋寡闻；但自不量力，索性力所能及，"从自我做起，从现在做起"，总结自身及家庭家族的文化积淀，不揣浅陋，拟将 10 余年来之拙文浅见著录，谨以期自家晚辈后生珍重文化，常常警醒，代代绵长。

关于"文化"，尤其是中国传统文化，对我来说仅仅是喜欢而已。随着涉猎的广泛，更感基础不牢，一知半解，浅陋至极。遂感学习之迫切，常有"置身沙漠方觉口渴"之感，更觉得文化对人生、对民族、对社会、对国家的重要。

五十知天命后，随着职业生涯渐结，回首往事常觉自己对文化学习的遗憾与欠账多多。文化底子太薄，深感学识浅薄，思考总结不够。更体会到文化"软实力"的重要性，文化并不专属于所谓"文化人"。文化根植于人类各个阶层，自有人类开始就生生不息，世代传承；人类在有历史记载的几千年里，文化传承逐渐系统化、形式化、规范化。

　　就百姓阶层而言，文化传承亦在不知不觉之中。索性以家母的文化行为来举例，家母已至耄耋，且从来没有任何正规教育背景。出生在战火频仍的上世纪30年代中后期，因家道中落，穷困潦倒，幼年就没背过书包，没碰过笔纸。青少年乃至中年时代，又为家中之顶梁柱、稼穑务农之能手。大半生无暇学习，但老人家古稀之年后，开始有了写写画画的习惯。而且思维敏捷，每每语出惊人，让子女们惊喜连连，甚至逗得大家捧腹大笑。她老人家利用身边仅有的、无论是大张废图纸还是包装纸壳、小本子等，能写的写，能画的画，竟然将她生活中经历的往事表现出来。

　　听过的戏画出来，生活场景画出来；竟然用几十年来自学来的有限的汉字，夹杂着"半生不熟"的自造字，写成句子，竟然还是日记形式。这让我们惊呆了、震惊了！

如《野猪林》《梁山伯与祝英台》《师徒四人西天取经》《七仙女下凡》《青蛇与白蛇》《聊斋故事》等近二十余部历史题材的戏曲故事，还有《八女投江》《白求恩》《焦裕禄》《狼牙山五壮士》《王二小放牛》《五朵金花》《春来茶馆》《雄赳赳跨过鸭绿江》等革命故事中的代表性人物或场景，在她老人家的笔下都有所描绘，且栩栩如生！

她老人家几十年的生活场景也有非常清晰的再现，如犁田、铲地、兴修水利出工等；还有山间、江河、农田，院落中的飞禽、走兽、鱼虾、龟蟹等都画得有模有样、活灵活现，竟还配以场景衬托。几条折线即为大山，几条波浪线条即为江河。山坡有牛羊吃草，水中有鱼有乌龟潜底，云中常伴有飞龙、升龙在天。竟还有十几页半生不熟的"札记"，其中的所谓汉字，有的同音不同意，有的缺"胳膊少腿儿"，但是，如果你仔细"顺一下"，就可以明晓她老人家所表述的意思，句子竟然挺通顺，就此把她老人家的所思所想"文字化"地表现出来了。

静而思之，这不就是老人家传承给我们的文化吗？写的、画的，结合着所讲的故事，不就是所谓文化传承的典型形式吗？谁又能说老人家没有文化呢？对此，我们晚辈更加对母亲充满敬仰！更因有这样伟大的母亲而自豪！

再说一下三弟满玉的文化现象，就其学习背景，他是典型的工科男。弟妹几人公认，只有他遗传父亲的聪明、脾气、秉性最多，对于科学技术方面的学习，乃至实践操作能力最强。他的履历亦可谓传奇：在技校学的车工，参加工作干的却是变配电电工；中专进修三年学的工民建，干的工作是建筑电气、装饰装修。这其中他对弱电最强，竟然可以电脑编程。

几十年来，三弟几乎没有受过任何正规的文学教育，而今在近知天命之年，不经意间又动笔写文章，竟然仅用手机拼音输入一次成稿，几天时间就写了三四万字文笔通顺的回忆文章；有时还可以作诗几首附庸风雅。将自己青少年时期的境遇、故事跃然纸上，"时隔三日当刮目相看也"，令我等惊奇又自豪！而他却不以为然，曾自信道："小事一桩，就是文笔风采还欠佳，不好意思。但在工作开会时，其纪要、记录等，我能做到开完会即刻成稿，直接打印出来，签字画押一气呵成。"我想这一定是他后天不断学习的结果。

这不由地使我想起20年前，他痴迷于电子学的时期，刻意送给他许多社会学乃至应用文学类的书，他都置之不理。看到他现在的文化拓展能力，为兄却也欣慰之至，感慨其有些文化了、也成熟多了。我索性将家母的几十幅画作、十几页"札记"、几十幅生活照片，还有三弟的10篇家乡回忆文章，汇集成册，定名《萱堂稚笔》，复制印刷出版，旨在我等晚辈继承之！

综上体会与举例说明，传承中国传统文化任重而道远，但也可以看到当下可喜的文化普及程度。社会各阶层的文化传承意识普遍提高，传承方式越来越先进；速度越来越快捷。

所以，我们必须'以我做起，从现在做起'。整理出真实的、厚重的自身经历和人生体悟，经过分析总结提练、提升到文化内涵层面，以争取达到"立德、立功、立言"之"三不朽"境界为目标。不断努力，更借以启迪后代奋发有为。我相信，文化属于大众，人人皆可成为"文化人"。我亦可争取成为"文化人"；我们的后代，亦当以成为真正有文化的人为追求目标而世代绵长。

2018 年 10 月 18 日凌晨丑时

修改于 2020 年 8 月 16 日

《致远图》　孙满成　画

感悟宽堂

冯其庸老驾鹤西去离开我们已逾三年，然总觉得他老人家的音容笑貌时隐时现，依然如故；其浓重之无锡乡音仍萦绕于耳边；仿佛他老人家依然在他那生机盎然的小院里驻足赏古梅、观牡丹、看紫藤，浏览园中的一草一木、一花一石。

与他老人家交往的10余年时间里，我时常造访于其会客室、画室、卧室，频繁向其求教。时至今日，他老人家循循善诱教导于我之情景仍然于眼前再现。一直以来，我深知自己的传统文化功底浅薄，也曾因此而深感自卑。但是，在他面前，每每获得的是表扬和鼓励，然后是高屋建瓴、深入浅出的指导和点拨乃至不厌其烦的帮助。也无论是事业还是生活方面，他总是那样认真，给予我无尽的关怀和帮助！

回首往事，历历在目，谆谆教诲，感动满满而铭记于心，没齿难忘！自2005年结识冯老以来，承蒙厚爱接受冯老的邀请，拜观其分别于2006年、2012年在中国美术馆举行的书画展，2012年12月在无锡的冯其庸学术馆开馆等有关大型文化活动，坚定了自己对文化品质提升的信心，更认识到了深入学习传统文化知识的迫切性。

2005年至2013年的8年多时间里我从事园林设计施工管理工作。冯老耳提面命，提醒我多读一读陈从周的《说园》和他的园林随笔等著作，并向我讲述他于陈从周、贝聿铭的交往轶事，这对我的中国传统园林文化提升起到了很大作用，可谓醍醐灌顶，受益匪浅。

多年以前我也有一点小小的收藏爱好，后来时断时续，坚持不够，更没有上升到文化层面。自从第一次造访冯老的书画室，目睹了他老人家的部分藏品后，10余年里慢慢了解其收藏爱好范围的宽泛和收藏文化层次的高深。与其相比，真乃"小巫见大巫"，所以常去叨扰，频繁向其讨教！

每每感受与冯老交往的一点一滴，感激之情便油然而生。时常不由自主动笔，写点感悟类的文字，尽管文笔见拙，功底尚浅，也深感自己努力不够，但我坚信有冯老这十余年的谆谆教诲，亦有他老人家在天之灵的保佑，我定会加倍努力，孜孜以求，提升自己的文化层次和修养，不枉冯老之厚爱！

现将我与冯老交往过程中的部分感悟类文字、记录、工作随笔等加以编辑整理，以示对他老人家之感念！

2018年12月28日

京东宅园一奇葩

——感受冯其庸大师小院的文化气息

冯老园中奇石之一　　　2011年5月27日　　作者摄

第一次拜访冯其庸先生，是在约 10 年前他的家中。是由冯老的学生、我的好朋友、苏州华夏书画院院长钱金泉先生引见的。记得那天我俩从北京市里驱车几十公里，七弯八拐地来到东六环以外的通州张家湾镇芳草园小区中一座小院。由于当时拜谒这位国学大家的心情迫切，并未十分注意小院细节，自然也没有仔细品味小院，但当时一进小院直觉有一种不可名状的别样味道。

记得八年前我刚刚改行为一名园林古建工作建设者时，冯老就耐心教导我多读园林古建文化方面的书，尤其多读陈从周教授的书，他时常向我讲起自1942年以来他与陈从周先生的交往经历，乃至后来又与陈从周先生一起和著名建筑学家贝聿铭等大师结识与交往的趣事。言语中，冯老对老友的怀念和思念溢于言表，更多的是激励我等晚辈要不断地精钻业务，增强传承和发扬传统文化的使命感和责任感。现在想起来真是受益匪浅，内心对冯老那语重心长的教导充满着感激和敬佩。冯老著作等身，广博与精专的学问在红学界、佛教界、戏剧界、文化艺术界等早已被公认为大家。他以渊博的学问、严谨的学风闻名遐迩。我更因冯老的谆谆教诲而感激，因冯老的渊博学识而崇敬。

随着十年来与冯老关系的愈加密切，频繁出入他的宅邸也是常事了，尤其在详读了园林大家陈从周教授的《说园》和《园林谈丛》等著作以后，我对传统江南园林研究产生了浓厚的兴趣。我经常去苏州拙政园、网师园等名园游览，身临其境流连忘返。传统园林文化的厚重与精深，增强了我对园林学家陈从周等先生的敬仰之情；同时又不断升华为对陈从周的好朋友，当代著名的传统文化学者，文史大家——冯其庸先生的钦佩敬畏之情。正所谓"爱屋及乌"，我更加喜欢冯老的小院；自然不揣简陋而斗胆解读它。

古往今来，成大事者虽不拘小节，但不忽视细节。今年春季的一次偶然，我驻足环顾详观小院，豁然开朗！原来冯老对园林庭院的研究是非常精到的，他自己所营造的小院的精致程度就是例证。自然也解开了我数次进入小院所感觉到的一种隐隐的且不可名状的引力。陈从周说"小园亦可静观"，我渐渐有了体会。

小院座北朝南，占地一亩二分，其中，青砖灰瓦的两层小楼占地约三分。粉墙黛瓦的围墙与古典民居门楼均呈典型的江南特色。通往主楼的甬道将小院一分为二，西院以立式高大奇石和缠枝古梅见长而"疏可走马"；东院以卧式厚重奇石和低矮的小乔木和著名花卉等为主，突出的腊梅、牡丹等"密可寻针"。整个院子的奇石与树木高低错落，交相呼应，浑然一体。

院内植有两棵低矮、蟠虬古拙的油松四季常青，分别在主楼西屋窗前，与东院南面月牙形鱼池边，隔着甬道两侧透漏的竹片编制的篱笆在默默相对。不因风霜雨雪而动摇，忠贞而执着。

主楼正门的两侧两棵高大的海棠俨然屹立的精悍卫士，农历三月底，树枝上密密麻麻的地绽放着胭脂粉红的花朵，伴着和煦的春风而逐渐变白是那样的冰清玉洁，直至某夜春雨之后无影无踪。而到夏末，硕果累累压满枝头，每每看到都令人垂涎欲滴。

面南立于楼门口，微微向右视，进入眼帘的是块嶙峋的透、漏、瘦、皱的太湖石，除陪伴它的那棵油松外，居然还有一株主干古拙、枯石般的古银杏卧于地面。冯老告诉我这是一幅盆景。夏季里它那茂密的一堆堆扇形绿叶仿佛从泥土中长出，跃跃欲试地证明着自己顽强而旺盛的生命力！

抬眼于院中，两块形状各异且更为高大的奇石分置于被甬道分割的东西两个小院中心，一立一卧，如同一动一静。其中，西院的那块高大古拙，整块石头中间坦然形成一条长长的立式裂缝，乃天公使然。其右上角镌刻着年逾百岁的甲骨文研究大家张颔老先生题写的篆书"天惊"，下方是冯老自题的行书"石破天惊"四个大字 。

小院东南墙角的太湖石相对小一点，有两米多高，是冯老

在一家奇石卖场千寻万选后，而在不经意间的路边发现并购买而来。远远望去石头下部俨然一位沉思长髯的老者，上部则仿佛一婷婷少女在凝望天空，憧憬着美好的未来。冯老为它起名"望思"，用行书字体镌刻在奇石的右上方。

除明显的四方大型奇石外，小院的角落还自然分布着规整不一、品种不同的怪石，只是体积小了些。

冯老对奇石的挚爱程度，让我想起北宋著名的书画家米芾对奇石的挚爱与痴迷，冯老这位当代传统文学大家仿佛在与几百年前的"石痴"穿越时空而专注地交流着。这何尝不是冯老对几百年、乃至几千年来的中国传统文化的寄托呢？从十次登上帕米尔高原策杖成功寻找唐玄奘东归之路而令佛教界震惊的壮举，再到海内外华人公认他的《红楼梦》研究成果等等，冯老几十年里所积累的国学学识及成就，又何尝不是在他的脑际中经历过无数次历史与现实穿越与探寻的结果呢？

小院中除奇石外，不经意间还可看到冯老若干年来收集的大小不一、不尽规整的仿佛随意搁置的各类不同时代的石佛造像、经幢等，冯师母告诉我："大型的和品相好的多块累计大五吨多重，已经捐献给老家无锡的'冯其庸学术馆'了"。石造像与小院的奇石、古树相得益彰。一切是那样的古拙、文雅而散发着浓浓的古典文化气息。

院中的树，也不止前面提到的古朴的银杏、油松和高大威武的海棠，其实四棵高大、古朴刚劲的黄山古梅树才是整个小院树木的"主打"。有黄山附近因开发而移植出来被弃置一边的，朋友赠送冯老的，也有从安徽歙县苗圃精挑细选来的。其中两颗难得呈现着原始的缠枝状，径约30多公分、高达3米左右。每到农历的早春三月，细长的枝条上就会绽放出无数鲜艳、娇美而夺目的五瓣花朵。令人惊奇的是古梅树没有任何嫁接成分，竟然一树开着红白两种颜色的花朵。在这寒意料峭的季节里，

冯老小院　　2011年5月27日　　作者摄

独步早春，彰显着刚毅精神和崇高品格，实可谓："院中几
棵古梅树，凌寒斗雪不自开"。冯老对这几棵古梅倍加呵护，
还特为此刻了一枚"古梅老人"的印章，而且绘以成画，赠送
友人，几年前我也曾获得了一张冯老所绘并题诗的《古梅图》。
不只这些，冯老赞颂古梅的书法，绘画作品太多了，他对古
梅的情结太深了。还有东院藏书楼脚下也植有数棵不同品种
的、由盆景移植入土的小型梅树。其中，一棵腊梅更显突出，
绽放的花朵仰视着，与西院几棵苍老古朴的古梅树绽放的花
朵争奇斗艳，交相呼应，仿佛一群孩子隔着竹片编织的篱笆

与一位老者顽皮地嬉戏着。

到了农历四月天，这些梅树上的小花已被繁枝茂叶替代。旁边数株牡丹又相继绽放它那君子般的花朵，有粉色的还有深紫色的，是那样的富贵娇艳。这是"牡丹之乡"山东菏泽的一所著名中学为感谢冯老一直关心扶持赠送的名贵品种。在冯老的悉心指导下，这所学校已经远近闻名，成为国内少有的名校，为国家输送了大批人才。如果你能一饱眼福观赏到这几株开着紫色、粉白色的名贵牡丹，其富贵大气的娇美定会让你终生难忘。

小院西南角那紫藤架上的繁密枝条上绽放的疏密相间的近百串蝶形紫藤花，颜色淡雅，芳香宜人，也会让你赞叹不已。欣赏完这淡紫色的串花，不经意间低头脚下，甬道两侧篱笆根部又出现了两条平行的紫色花，间摆着"一品红"，红紫相间成一条直线连着院门和楼门，这是象征友谊，象征鹏程万里、前途无量、明察秋毫的鸢尾花，也开在这春意盎然的农历五月间，为冯老迎来送往着在这美好季节里求知、问道、拜访、祝福的络绎不绝的人们。

环顾小院四周，处处可圈可点。小院正门两侧黛瓦粉墙内外，植有茂密翠绿的早园竹且高者已探过墙头，交头接耳；院西北角也遍植翠竹，与其他小灌木疏密相间，相得益彰，一年四季随风摇曳，与黛瓦粉墙一起彰显着小院那秀气却不失庄重、充满生机却不失古朴的传统文化的内涵。植竹为历代传统文人所钟爱，歌颂竹子的诗词歌赋数不胜数，寓意深远。其中北宋著名诗人徐庭筠曾对竹子有这样的描写："未出土时先有节，便凌云去也无心"。小院因竹子的生机勃勃彰显着浓郁厚重的文化气息。

小院的一草一木是那样的生机盎然，夏季里草无枯叶，树无枯枝，古树也好，灌木也罢，都呈现着郁郁葱葱旺盛的活力。一位曾经到过小院的资深园林匠人的一句朴实的话语道破天机："人杰地灵"。院主人的杰出品格自然也在这些古拙的奇石、珍贵的古树、名贵雅致的花卉、不屈不挠的修竹中表现出来。

说到此，不能漏掉东院中的月牙状鱼池，面积不大，水深却达两米多，冬季是冻不到底的。养殖的金鱼虽长不大，却四季自由自在。孔子曰："仁者乐山，智者乐水"，在小院中如果将石头比作仁者所"乐"的山，那鱼池中的水就是智者所"乐"的水了。这自然又多了一份主人对大山大水的寄托，有道是："偶遇枯槎顽石、勺水疏林，都能以深情冷眼，求其幽意所在（宗白华《美学散步》第 74 页）"。

冯老画室　2011年5月27日　作者 摄

　　园林是综合艺术，不仅利用山石苗木"移山缩水"创造"虽为人作，宛如天开"的真景，反映真境，还利用诗歌、绘画、书法反映虚境。创造具有诗情画意的空间，追求清新雅致的精神世界，在追求情境的同时，亦追求空间中趣的韵味。园林是寄情的载体，充分反映历史文化、时代特色。北方园林的营建多追求"三季有花，四季见绿"，而在冯老这不足千余平米的北方小院中何尝不是"三季花繁叶茂，春夏秋冬皆见绿"的"江南"景致呢。

　　近 10 年来，我时常造访这别致的小院，也经常看到冯老对小院的精心布置。正像他严谨的治学态度一样，离休后十

冯老园中一景　　2011年5月27日　　作者 摄

多年来营建的这座院子，与明代大家文征明所设计的苏州拙政园颇有相似之处。这何尝不是冯老这些年来"边设计边施工"而营造出的园林庭院的精品呢。至少是北方少有的传统文化气息浓重且更显别致的文化名园吧。

　　我虽才疏亦学识浅薄，不敢造次而妄加定论，但是，这小院的别致、秀气所传递出的文化气息一定会打动所有进出其中的文人雅士们。

刊登于《景原》2013年第6期
摘录刊登于《风景园林》2013年3月第152页

冯其庸

的古梅情愫

翻开《冯其庸年谱》(叶君远著 2015年6月出版)的 495页，这样描述："2008年7月1日，先生作诗题《梅花图》'城中早先探梅期，剩见篱头一二枝，零粉残脂也可惜，生香纸上慰相思'。"这张《梅花图》就是赠给我的，这是一张四尺开两的横幅作品，可以说是冯老梅花题材作品中的精品，其落款中还称我为"满成砚友"。对此，我好生激动，倍加珍惜。说起这幅画便勾起我与冯老交往的十余年间，对冯老古梅情愫的感怀。

这还要从冯老送我的这张《梅花图》的缘由说起。那是2008年6月21日，周六，我携妻子去拜谒冯老，在冯老的会客厅的北墙上挂着一幅冯老所绘的《梅花图》，不时地吸引着我们的目光，妻子啧啧称赞画得好。这时冯老从外面进来看到我们如此喜欢便说道："喜欢的话，我给你们画一幅。"当时，妻子高兴得差一点儿蹦起来，孩子般不假思索的应声道："喜欢喜欢。"我略装矜持地说："今年是我俩结婚二十周年，正求之不得呀！我们付润笔哦！"冯老连声回答道："不用不用。"就这样，冯老在7月1日就画完题诗后，就通知我去取了。那一年冯老已经86岁高龄了，能如此欣然作画赠我，可见冯老对我们的厚爱！

说起冯老的画，除直追宋元写意山水画之外的花鸟作品中，

冯老赠予作者《冯其庸文集》

以我之拙见，当属梅花最为精到。其梅花作品可谓件件精品，这缘于他钟爱梅花，酷爱赏梅更爱植梅。在他的京郊"芳草园"小院中，乔灌木和地被植物达几十种，可谓"三季见花，四季见绿"，每当早春二月，梅花独步傲雪，绽放枝头。冯老的心情也像这绽放的梅花一样，每到中午便走出书房迎接春天的到来，欣赏着自己精心培植和移植的十几棵梅树。尤其是那几棵树龄达几百年的古梅，他是倍加呵护。

记得 2013 年 3 月 23 日，我有幸与冯老在他那十几棵古梅树旁一同欣赏着盛开的各色梅花，看蜜蜂穿梭着不时扑向花蕊。冯老欣然与我合影留念。我当时就有了写一篇关于冯老与梅花情节的文章的念头。如今已四年过去了，冯老这位古梅老人却在丁酉年梅花盛开前驾鹤仙游而去，也带着他的梅花情缘而去……

冯老晚年号称"古梅老人"，他的常用印章有八十余枚，关于"梅"的印章就有六枚，"梅翁""连理缠枝古梅草堂""六梅草庐""连理缠枝梅花草堂""古梅老人""梅叟"等是闲章中数量最多的。

作为晚辈，不揣浅陋斗胆详读冯老的梅花情结，我之拙见不外于冯老的传统文人学者情愫所在，冯老喜梅更爱古梅。文人喜梅可追溯到南宋时期范成大的《梅谱》序中语"梅，天下尤物，无问智贤，愚不肖，莫敢有异议"，范成大开篇即以此点题，对梅花喜爱溢于言表。到《梅谱》书成之时，南宋已达栽梅赏梅之热潮甚至于到了"呆女痴儿总爱梅，道人衲子亦争栽"的程度。梅花就此已有"百花至尊"之美称，在园林构景中大有"君临天下之势"，更在于梅花兼有足以比德君子的风范与情操。两宋时期，梅花以其"寒芳独开""傲山有独妍"之特性，比拟处士的孤芳自赏，凌寒入世的高尚情操，开启了梅花人格化、赋予其道德象征的审美进程。此后，人们竞相讴歌梅的精神格调，即出现了超凌百花的态势。

范成大在《梅谱》后序中又这样描述"梅以韵胜，以格高，故以横斜疏瘦与老枝怪奇者为贵"。梅花之珍品当以横斜疏瘦与老枝怪奇者为标志，古梅以幽峭苍劲为审美意蕴。

据《梅谱》可知，范成大最瞧不起急功近利、短视浮躁的世俗气。以此比照冯老的人格魅力，与千余年前的范成大如出一辙。

说到植梅，古今以江南为盛，地处燕郊北方大地的北京，古梅并不多见。然冯老院中的十几颗古梅中竟有几棵树龄竟达三百年以上，是黄山脚下当地人从深山中移植到山下苗圃已经驯化多年，近几年分别经冯老精选后移植到北京来的，并请苗木专家精心呵护移植到他的院中。正所谓："人杰地灵"，从"已是悬崖百丈冰，犹有花枝俏"的早春二月到"菊残犹有傲霜枝"的深秋，冯老的小院中所有的植物可以说是"三季有花、四季见绿"，但院中主打的还是早春二月里绽放依然的古梅。对此，我曾写过一篇《京东宅院一奇葩》（刊登于《中国园林》杂志 2013 年第三期）的文章，文章中这样描述过冯老院中的古梅树："在这寒意料峭的季节里，独步早春，彰显着刚毅精神和崇高品格，实可谓：院中几棵古梅树，凌霜斗雪独自开"。

作者与冯老在梅花盛开时节　2014年3月23日

　　今天，是冯老仙逝的"五七"之日，因没赶上参加中国人民大学举行纪念冯老的追思会，只好躲在我的"墨缘阁"斗室中回忆并挖掘我与冯老的梅花情愫，以此追思敬爱的冯老。近几天，北京的气候日趋渐暖，时至早春二月，冯老小院中的梅花又该盛开了。过几天还要与往年一样要去冯老的小院赏梅！然而，今年不同于往年，这让我想起唐代诗人崔护的《题都城南庄》诗："去年今日此门中，人面桃花相映红，人面不知何处去，桃花依旧笑春风。"这诗里的桃花何尝不是那院中的梅花？斯人已去！梅花绽放依然，亦如冯老的音容笑貌，笑迎春风祝福着我们，以其高尚的品格教诲着我们，以其刚毅坚强的精神引领着我们！

丁酉年正月二十九日写于墨缘阁

原刊载于《中国建筑报》2017年8月28日文化专栏

辑录于《翰海梦痕》冯其庸纪念文集（张庆善、孙伟科编著）

随意题青山之山月
高远不与传之迹
渔槎独往返
庚子三月廿一日
满成之临

孙满成　画

高师指点 ---- 女儿赴澳留学前拜访冯其庸先生

女儿即将启程赴澳留学了，临行前向我提出，要拜谒冯爷爷和夏渌涓奶奶。我理解女儿的所思所想，欣然应允。也早就想让她沾沾著名大师的"仙气儿"，提高一下对传统文化的重视程度。

冯其庸生于 1924 年，毕业于无锡国专，中国人民大学成立不久，即被调入该校任教。现今鲜为人知的是在上世纪 60 年代初期就因编写《历代文选》而被毛泽东主席所赏识。学术上冯老属于考据派，注重理论联系实际。让冯老声名鹊起的是上世纪 70 年代的红楼梦学术研究成果被红学界公认，进而确定了他长达半个多世纪以来无人企及的红学界领军地位。

在文学艺术界乃至国学研究领域，冯老学问的博大精深是人所共知的。他在离休后的十年里十次登上帕米尔高原，不辞

冯老与作者女儿孙京萌合影 2009年6月13日　作者 摄

辛苦，沿玄奘当年西域行路线，杖策西行，寻找到历史文献中不曾记载的玄奘西行回归大唐的边界入口，并组织立碑，而被当时赵朴初会长首肯："你解决了佛学界多年来没有解决的问题"。冯老又与季羡林先生联名上书国家领导人成立了人民大学国学院西域研究所，成为博大精深的西域文化重要的研究阵地。

　　除此之外，他在训诂学、敦煌学、文艺评论、诗词、戏曲研究、书法与传统绘画等方面造诣颇深，可谓学识渊博，

冯老院中　红花与绿叶　2009年6月13日　作者摄

著作等身。

冯老年届75岁方才离休，但是他在学术上仍然孜孜以求、不断进取。冯老注重文献与实地考察相结合，常有诸如《项羽并不死于乌江考》的文章惊现于世。离休后的近20年间先后出版了《冯其庸文集》（三十卷）等几十本著作，先后三次在中国美术馆等地举办个人书画展等等。年至耄耋更荣获学界多项殊荣，不能不说是成果丰硕！

女儿知晓我仰慕冯老先生的学识与高尚的品格，而且几年来时常登门求教，请冯老释疑解惑。女儿即将出国研修的是英语语言文学专业，但作为炎黄子孙自然以博大精深的汉语言文学等国学知识为基础，揣度女儿可能深知自己这方面的欠缺，即欲问道于冯老，以补其缺憾，有益于"古为今用、洋为中用"。

说到中外知识的高度融合，可能因为冯老在学界知识渊博达到无人企及的高度而掩盖了其他家庭成员的不凡。鲜为人知的是近80高龄的冯老夫人夏渌涓先生在外语教育方面表现不凡。她是中国人民大学首届高材生，留校任教多年至俄语系主任，又调任北京外国语大学俄语系主任，曾任苏联访问学者。冯老大女儿冯燕若经历过上山下乡后靠自学英语而担任中学英语教员，二女儿冯幽若人民大学研究生毕业后旅居奥地利，如此家庭又何尝不是中外文化结合的典范呢？

我想这次造访一定会不虚此行，果然不出我之所料！

2009年6月14日星期六上午，我们一家三口如约而至，走进位于通州张家湾芳草地小区冯老的小院。初夏时节，面积仅一亩左右的小院中，各种树木花草错落有致，枝繁叶茂，郁郁葱葱，生机盎然；巨石、鱼池与那灰墙黛瓦的苏式二层建筑让整个院落都呈现出极致的传统江南园林特色，尽显院主人的江南文人本色。

进入冯老的会客室，映入眼帘的是白色墙上的刘海粟题写

作者女儿孙京萌与冯老夫人夏渌涓合影2009年6月13日 作者摄

的"瓜饭楼"匾额。两位和蔼慈祥的老人已经端坐在那里微笑着向我们打招呼，女儿急切地连声问好："爷爷奶奶好！"然后情不自禁地坐在老人身边，主动汇报学业情况和出国留学的目的。听到女儿准备留学回国从事教育时，两位老人的脸上露出满意的笑容。

紧接着，冯老用他那有着浓重无锡口音的普通话对女儿讲起他的老朋友、著名翻译家杨宪益夫妇如何恰当翻译《红楼梦》的故事，强调传统国学如何与外来文化的结合，在当今全球文

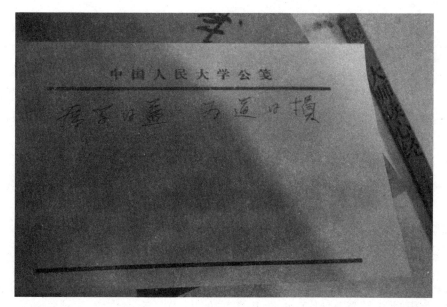

为学日益，为道日损　　冯其庸书

化高度融合的环境中汲取有益于中华民族伟大复兴的外来文化元素的重要性等等。

在冯老说道"为学日益，为道日损"时，我发现女儿愣了一下。我想一定是她没有听懂冯老的话，遂拿起茶几上的便笺纸，恭请冯老将这八个字写了下来。虽然女儿在澳洲留学4年回国后如愿以偿的进入高校工作，但至今还将这张墨宝珍惜地保存着。后来她向我讲起，她当时只是字面理解，尚未真正解读这8个字，后经翻阅资料方晓得其真正含义，这对她日后的学习、工作启发颇大。

　　冯老的另一句话就是向高人学习，正所谓："与高人为伍，与智者同行"，并强调说："这不是谁瞧不起谁的问题，只有这样，　才能向高处走，提高自己的素养和品味。"冯老的教导语重心长，高屋建瓴，朴实感人，使女儿茅塞顿开，我想她会受益终身。

　　仅仅半个时辰，又有客人来访，冯老起身去了书房会客，冯老的夫人夏渌涓阿姨又结合自己近50年的外语教学经验和她在苏联做访问学者的经历，提醒女儿在外语学习过程中的注意事项，还体贴地关心女儿在国外生活要珍惜来之不易的机会和宝贵的时间，但也要劳逸结合。

　　冯老的大女儿冯燕若这时进来，得知女儿是学英语语言文学的，又打算从事教育工作，就向我们讲起，20世纪70年代她下乡期间如何在艰苦的环境下跟收音机讲座学习英语，回城后又如何经过重重考试从事中学英语教学工作经历。

　　这对分别从事俄语和英语教育的母女不加保留地向我的女儿传授了宝贵的外语学习经验，实操性更强，同时又对女儿给予很高的期望，这对女儿以后学习和从事外语教育工作起到了

冯老赠予作者《脂砚斋重评石头记汇校汇评》

相当大的作用。

时间已经到了中午，我们不再忍心再继续打扰老人休息而辞行，看得出女儿还带着依依不舍。

驱车回家的路上，我们一家三口还是兴致未减，娘俩在车里不停地交流着这次拜访大师的感受，我也不时插话。女儿今天上午有三位高人指点，这是"与高人为伍"的体会，她将受益终身。我从反光镜中看见女儿那得意而满足的笑脸，心想，终身受益的何止女儿一人呢。

观冯其庸书画展之感悟

　　今年5月下旬的一个清晨，我被一阵电话铃声叫醒："满成兄，冯老书画展你一定感兴趣吧！今天我全天都在展会，请柬在我这里，你来时，给我打电话。"电话是我的好友纪峰打来的，他是冯老的入室弟子，"冯老"是对冯其庸老先生的尊称。

　　我欣然前往，如约来到中央美术馆，这是冯老继2001年后第二次在这里举办书画展，冯老的百余幅书画作品挂满首层两个大厅。展会《来宾登记簿》上，不乏季羡林、史树青、欧阳中石等诸多大家的签名；展会上，众多书画爱好者驻足观赏、品味。

　　冯老的书法宏阔、大气、纯正，笔法干练，师宗"二王"；其绘画构图设色奇而不怪、险而弥峻，山水画师法"宋元"。

作者与冯老弟子纪峰先生于画展留影

我被深深吸引，流连忘返，整整观赏了半天时间。近一个月时间过去了，冯老书画展之场景仍萦绕脑海，挥之不去。

壹

冯其庸，名迟，字其庸，号宽堂。1924 年生于江苏无锡。1948 年毕业于无锡国专。自幼酷爱书画，初得无锡老画家诸健秋指教，受书法于王遽常，师宗"二王"。后与刘海粟、朱屺瞻、谢稚柳、唐方、启功、杨仁恺等先生游于书画，潜心书画，孜孜以求，尤以山水画见长。

冯老现为中国人民大学国学院院长，中国红楼梦学会名誉会长，中国汉书学会会长，中华炎黄文化研究会副会长，中国戏曲协会副会长，《红楼梦学刊》主编，敦煌吐鲁番学会顾问。

贰

冯老已届耄耋之年，但为中华文化艺术弘传事业辛勤耕耘不止，有如此旺盛的艺术创造力之原因，在他老人家的《紫藤》画上题诗可解读："生小青门学种瓜，老櫜来笔走天涯。砚田活水无穷乐，画到青藤更著花"。

在《经典艺苑》杂志登出的冯老一份自述中，曾这样写道"予十岁下耕作，历十数年，凡田间农事，如插秧，割稻，翻地，种麦，戽水，担肥，收割种种，无一不能，故双手结厚茧……予固一真农民也。"这番经历正像源头的活水，始终滋养着他，使其自强不息，乐观向上。虽坎坷一生，但少年时，读玄奘法师传，"遂仰之为师，虽万劫而不灭求学求真之心"。基于此原因，在老先生离休之后，又三上帕米尔高原，第二次登喀喇昆仑山巅之明铁盖达阪（海拔4700米）。为玄奘立东归碑记，老而弥壮，志气弥坚，孜孜以学为艺术创作添其巨大动力，给他的砚田注进源源活水。

叁

我幸得冯老亲笔签名之《冯其庸书画集》，爱不释手，自冯老书画展后，常翻阅欣赏之，且感悟颇深；更赞同牛之城先生之评价："游艺的态度，堂正的品格，渊深的学问，精湛的技术，娴熟的书法。丰富的游历及深入的习古，这种种的一切综合地塑造出冯其庸先生的"文人"身份，透过这样的身份，我们才又重新看到业已被弄得苍白的"文人"的原有的厚重底色，从而使我们在当代可以寻找到一位可以与古典大师相比肩的"'文人画'代表者"。

冯老的几位弟子，我多有结识，有的已成为挚友。从冯老的收徒，可以看出冯老人品之高尚，他老人家不看门第，只

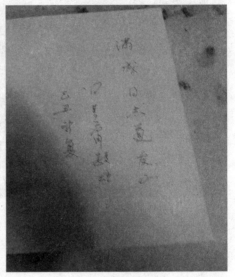

冯老赠予作者 《瓜饭集》

重人品、灵性、勤奋。其弟子中雕塑家纪峰、工笔画家谭凤嬛、兰竹画家钱金泉等，均出身寒门，没有当今社会所谓的"金色文凭"，但确是孜孜以求、锲而不舍的艺术追求者，且成绩斐然，均为同行之佼佼者。每每弟子有突出的艺术表现，他老人家或撰稿，或批注，或题诗，或赠书画予以鼓励。

肆

我造访过冯老位于通州区张家湾的寓舍——"瓜饭楼"，亦做客于他老人家的书房兼画室。其简朴、纯真，让人肃然起敬。这使我想起他老人家的弟子之一、画家钱金泉先生讲的一段故事。今年春节后，有一位商人提着巨额现金慕名寻至"瓜饭楼"门外。冯老一向为人低调，很少出席各种应酬，有媒体称冯老为"国学大师"。他老人家道："我不是什么'大师'，只是大学老师。"是啊，冯老于1954年到中国人民大学任国学教授数十载，是当今最有影响的大学者之一，长期从事中国古代文学史、文化史、戏曲史、艺术史的研究，尤其以《红楼梦》研究著称于世，学问文章可谓"冠冕一代"。此种自谦相对于当今种种浮夸的"学风"、虚假的"冠名"等等构成之浮躁的社会是何等超凡脱俗，形成何等鲜明之反差！

比起冯老，那些"政客""儒商"等自称所谓"文人雅士"们能否有所觉察、扪心自问？有否"苍白"之感、愧疚之心？

正所谓"文如其人，书于其人"，冯老高尚的人品、严谨的治学风格，令我等晚辈为之敬佩！

冯老那次书画展后，我常常翻开那本厚重的《冯其庸书画集》，乐此不疲，以期不断地感悟、汲取其营养指导自己的人生。

2006 年 6 月 27 日

原刊载于 2006 年《中国建筑报》 文化专栏

仿 倪瓚《江山春风积雨晴 》孙满成 画

思接千古写乾坤

——忆冯其庸九十书画展

花中仙子属牡丹，

羞闭推出四月天。

壬辰殿春蹒跚步，

纵使花王更悠然。

京中又报惊人事，

冯老九十又办展。

百幅溢尺诗书画，

挥毫泼墨一年间。

笔走龙蛇惊风雨，

书自二王榜字坚。

画追大痴宋元意，

诗泣鬼神如谪仙。

汉武钦点嵩阳柏，

溢丈铺纸更参天。

重彩绘罢西域地，

大漠直烟现重关。

春秋五度展事去，

历历在目如昨天。

丙申岁末天哀号，

冯老撒手辞人寰。

曾经无数寡眠夜，

思接千古写乾坤。

博大精深国学是，

当代几人能比肩。

细雨无声润草绿，

谆谆诲吾逾十年。

欲借蠡湖运河水，

化作甘泉报师恩。

丁酉雨水子夜泣题于京南玉泉营墨缘阁

学海无涯艺无止境

——冯其庸九十诗书画展感悟

"庭前芍药妖无格，池上芙蕖净少情。唯有牡丹真国色，花开时节动京城"。5月的北京是一年中最好的季节，春意盎然，郁郁葱葱，百花盛开。用唐朝著名诗人刘禹锡的这首《赏牡丹》来描写这般美景亦可谓贴切。更值得一提的就是中国美术馆的"冯其庸九十诗书画展"，体现了这句古诗"花开时节动京城"。

一

5月8日开幕式上名流云集、盛况空前。一进中国美术馆一楼大门，正对的墙上，首先映入眼帘的是以冯其庸先生的山水画为背景，赫然映照着由章太实大师唯一在世的弟子——著名诗人、山西大学教授姚奠中先生书写的"冯其庸九十诗书画展"标题。全国政协副主席孙家正，文化部副部长、中国艺术研究院院长王文章，中国人民大学校长陈雨露，中国人民大学

原校长纪宝成，中国文联副主席冯远，中国美术馆馆长范迪安，中国文物界著名专家谢辰生等一批学术界、艺术届名流以及冯老的"粉丝"几百人参加了开幕式。

二

冯老上一次在 2006 年 5 月下旬中国美术馆举办的书画展，我也有幸应邀参加了。对照六年前的展品，此次作品风格各异、立意高远、宏阔大气。

"百幅溢尺诗书画,挥毫辛卯壬辰间;汉武钦点嵩阳栢,铺纸溢丈拔笔端"。本次展出的大部分作品,大多以冯老晚年所作的溢尺幅作品居多。比如:高 5.8 米、宽 2.15 米的《嵩阳古松》堪称冯老九十岁高龄时绘出的扛鼎之作。以一棵千年古柏为表现对象,气象非凡。古柏现存于嵩山嵩阳书院,据说汉武帝东巡时曾见此树。

"诗如太白与杜甫,书自二王榜字坚。画追大痴宋元意,敲醒书圣与诗仙。崇古诗情书画意,黄山顶松总参天"。这几句诗是我欣赏冯老诗书画之体会的概括。冯老的诗词功底可谓深厚,尤其唐诗底蕴更加深厚。在多数书法作品和绘画作品中的题诗可略见一斑。其中在《嵩阳古松》画中题诗:"汉武东巡事已陈,马迁史笔久封尘。嵩阳老柏今犹在,青眼看人万世情。汉唐盛世亲经历,又见东方出五星。昨夜嫦娥奔月府,红旗永驻九天青"。在另一幅青绿山水图《瞿塘峡》题诗:"十年不到瞿塘峡,梦里常存白盐山。想得雄关高万丈,轻舟已逝胆犹寒"。

三

冯老的书法力作亦是空前之壮观，所书之内容均自题之诗句。所书之作品多以大横幅、大长联为主，所书之字幅多以"榜书"大字之出奇。驻足在冯老之巨幅书作前，冯远先生概括为"小字出自二王"，大字已自成一体之"榜书"。

冯老画山水一直以沿袭宋元风格而著称。本次的展品中，冯老仍以深厚古朴的宋元风格画作为主流，而今又临摹了大量溢尺宋元名家作品，如临元代黄公望（号"大痴"）等的《山居图》《听瀑图》《水阁山村图》《深山读书图》也向大众展出。

"重彩绘罢西域地，大漠孤烟现重关"。冯老是考证型学者，多次登上帕米尔高原，在年近八旬时终于在海拔 4700 米的明铁盖山口，重新发现并确认了玄奘取经回国的山口古道，并立碑，曾轰动中外佛学界。这体现出冯老对学问锲而不舍、孜孜以求的追求。用原中国佛教协会会长赵朴初的话说："你解决了我们佛学界所没有解决的一个难题。"

四

近 20 年间，冯老走访新疆十余次，其中三次走上帕米尔高原，两次跨越塔克拉玛干沙漠。就在 10 年前，他穿越了有"死亡之海"之称的罗布泊，考察楼兰古城。冯老曾讲过自己考察玄奘取经东归长安最后路段的经历，并坦率地说："我的目的也不是单纯为了重走玄奘之路，除了想验证玄奘在《大唐西域记》里的记载，西域风光也吸引着我。我希望能够亲身领略唐代诗人们在诗句中所描绘的雄伟而绮丽的自然风光。本次画展中冯老"以彩代墨"的多幅绘画作品将西部山水描绘得畅快淋漓。

"冯老九十高龄，以彩代墨，作品宏阔大气，表现得如此淋漓尽致，实属不易，堪称我们之楷模。"这是我与好友雕塑家纪峰先生陪同中国文联副主席冯远先生观展时，冯远先生的赞誉之词，可谓贴切之至。

综上简述仅为冯老的诗词、书法、绘画的一部分，仅为其红学、佛学、戏剧等学术领域成就的冰山一角。纵观冯老半个多世纪辛苦换来的学术成果，著名的"南饶北季"均对他赞赏有加，饶宗颐老先生经常为他的画集等作序。他与不同领域的大家成为知己，如与贝聿铭、杨宪益、陈从周、杨仁恺、许麟庐、启功、徐邦达、任继愈、王世襄等人，他在《瓜饭集》等著作中均有所描述。冯老是"南饶北季"之后名副其实的国学大师。著名狂草艺术家、中央国家机关书画家协会名誉主席、中国金融文联名誉主席、中国美术馆顾问唐双宁为其本次诗书画展题写了："一代宗师"。我认为冯老名至实归。实可谓："博大精深国学事，当代几人能比肩。无数苦究寡眠夜，黑发换作宗师冠"。

五

拜谒冯老已近10年，是我人生的一大幸事，我与冯老的密切程度，可谓忘年之交。可以说："天赐恩翁惠顾我，数载教诲恩如山。"

我对冯老的学识、为人、品格等可谓顶礼膜拜；其治学、敬业态度的严谨、看自重、努力、扎实更令我等晚辈折服。在做人方面冯老对我经常引经据典、循循善诱，使我受益匪浅，这位当今大儒对我人生规划的校正、世界观的改造、人生的感悟起了至关重要的作用。在书法绘画深入研习上，冯老对我在可谓不吝赐教，从书法作品创作的章法布局到深入研习过程中的选帖、选纸、用墨、印章使用，装裱之规矩，甚至毛笔的清洗方法都详细入微指导。

六

除书法绘画外，我也喜欢收藏字画，记得去年夏季我在浙江出差，偶然机会收到苏州著名画家蒋凤白先生（冯老的老朋友）的一幅《兰竹图》，恐把握不准，请冯老掌眼，他老人带病讲解这幅作品的特点，并为我捡漏高兴，病好些后欣然为我在这幅作品上题签说明。诸如此类，我经常请教他老人家，他的悉心教导令我感动不已。

我转行从事园林规划设计、施工及企业管理已近 8 年，从园林基本知识的不断学习实践到对园林艺术的深刻理解，是每个热爱园林职业者必经之路。冯老对我的工作也很关心，与他老人家交流时，他经常嘱咐我，多看陈从周先生的书。陈先生是古建园林界的大师级人物，因此，我拜读了他的《说园》《梓室说园》《陈从周园林随笔》《园林谈丛》等很多著作，对我园林艺术水平的提升起到了至关重要的作用，眼界开阔了，工作起来也相对得心应手了。

对我更深一层的影响是冯、陈二老的学术崇拜。冯老从1942 年开始就与陈老结识，是多年至交，陈先生的多数著作均由冯老作序。二老均为教授出身，学养深厚，均师从过诗人、书法家国学大师王遽常。冯老文学著作等身，为国学大师；陈老作为文学家，新中国成立前就出版《徐志摩年谱》等文学著作，作为园林古建专家，园林古建专业著作颇丰，对园林古建界的学术贡献非凡，如纽约大都会博物馆"明轩"的设计方案，就出自陈老之手。

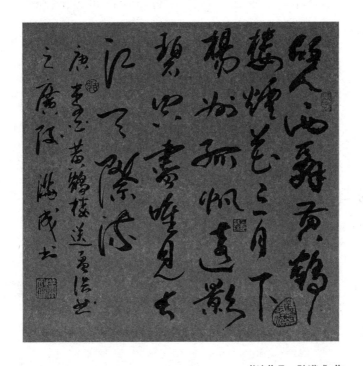

七

　　陈老是张大千的关门弟子，当年张大千在苏州"网师园"租住绘画的地方，就是院中的"殿春簃"，这里是公认的园林古建小院的"极致"，是中国传统园林建筑的瑰宝之一。而"明轩"就是其翻版。可以想象出陈老对中国传统文化情有独钟。

最直接的感悟是，作为中外园林改革开放之初的第一个援外施工项目"明轩"，以它古朴典雅的苏式古典园林特色，成为海外园林建筑史上一块里程碑，作为中国人不禁为此而自豪。

德国伟大的戏剧家和诗人席勒曾说过：从美的事物中找到美，这就是审美教育的任务。冯老求真务实的治学态度，不断教导了我。我作为一名追求艺术真谛的园林工作者，须持"一以贯之，持之以恒，寻道问源"之心，方能近大智慧，于追求中有所成。

回首近 10 年来所走过的路，能够结识冯老并承蒙他多方引导、教诲和启发，是我人生之大幸。

我时常怀揣感恩之心回想他老人家的每一次教导，在冯老崇高人性光辉的指引下，我在人生的每个重要阶段都能步履坚实、从容不迫。在当今浮躁风盛、宁静难寻的社会环境中，许多人对艺术的推崇远不及对金钱的追求，对道义的信守远不及对势利的看重……面对这些，我却从冯老身上找了所谓人生的答案。

人的一生要想活得坦坦荡荡，只有心中有爱、有他人、有社会、有责任，正所谓淡泊以明志，宁静而致远。

观赏完冯老的诗书画展，走出中国美术馆。夏日的阳光斜照过来，淡淡的，和微风交织在一起，柔柔地拂过身旁，让人心旷神怡。在感到心中笃定的同时，又进一步增加了我前行的力量。

原刊载于《中国建筑报》2012年8月30日文化专栏

孙满成 画

掌眼录之一——"湘兰楚竹寄高情

20世纪90年代初期，一次偶然的机会，我在河北唐山的一个地摊市场购得几枚古代铜钱，研究以后，开始有了兴趣，慢慢地养成了古物收藏的爱好。从最初的几枚小铜钱到后来的书画、古瓷、生活杂项等等，涉猎逐渐宽泛起来。也因为好舞文弄墨，更偏好书画收藏，经常借出差机会，逛一逛当地的书画市场等。

21世纪初结识冯老之后，发现在文物研究水平及收藏方向、层次上与冯老相比简直是"小巫见大巫"。学习羡慕之余，凡是购得的字画类收藏品，便迫不及待地麻烦冯老掌眼。记得2011年中秋节前，一次出差到宁波，购得一幅近现代名家蒋凤白的《兰竹图》立轴。觉得对画上的提款把握不准，便拿去请冯老掌眼。让我感动的是，当时他老人家身体不适，躺在床上帮我仔细检验，并提醒说明："这是件蒋老早期的作品，不

作者藏 蒋凤白 《兰竹图》 冯老题 《湘兰楚竹寄高情》

多见，很珍贵，只是题款上的字没有后来的好。等我身体好一些，我再给你题一下。"冯老身体康复后，便在上面题上了"湘兰楚竹寄高情"，所提字幅也小于蒋老的题款字幅，并特意盖上一枚比画上蒋老印章小一号的名章，他对蒋老的尊敬可见非同一般。

蒋凤白先生长冯老几岁，且与冯老挚交，关系甚笃。记得那天我去取题完款的立轴时，当时鲁迅美术学院的郭延奎兄也在场，我们再次打开作品欣赏。冯老不由自主地说道："蒋老的作品用纸、用墨、用笔就是讲究啊！"赞美敬佩溢于言表！

通过此事，我见到了中国传统文人的"谦谦君子"之风，更丰富了如何在文化作品中体现对先辈、君子的尊敬、崇拜方面的知识。

2011 年 9 月 25 日

掌眼录之二——之天水见闻

　　2011年3月中旬，我去天水探望在那里医病的朋友纪峰。位于陇西的天水，名胜古迹很多，传统文化的气息很浓。短短的几天里，我们先后游览了著名的麦积山石窟、南郭寺、伏羲庙。纪峰的朋友段亦民是那里的雕塑家，他雕塑的东方小沙弥惟妙惟肖、逼真至极，在当地被当作旅游纪念品，很是畅销。我们在他的工作室参观、学习，逗留了很长时间，然后由他妻子安排专人引导讲解，详细参观了麦积山的石窟中著名的壁画及以东方小沙弥为代表的雕塑等珍贵文物，其中不乏很多不常见的国家一级文物，大饱眼福。

　　唐代诗人杜甫曾流寓此地，并有诗云："山头南郭寺，水号北流泉。老树空庭得，清渠一邑传。秋花危石底，晚景卧钟边。俯仰悲身世，溪风为飒然。"南郭寺乃陇西第一寺，巧的是我们正赶上寺僧去北流泉担水，喝到水质清冽甘甜的"灵泉

明弘治三年（1490年）创建，嘉靖二年（1523年）、清顺治十年（1653年）、乾隆四年（1739年）重修。嘉庆十年至十二年（1805-1807年）间由原来的3间扩建至5间，光绪十一年至十三年（1885-1887年）间又重修，始成今制。面阔5间计17米，进深2间计5.4米。悬山顶，绿瓦龙吻，质朴典雅。

神水"，据说可以饮之却病，此乃我们幸运也。

　　去天水，伏羲庙当是必去胜地之一。这是一座明代成化时期始建的寺庙，被誉为"华夏第一庙"。几百年来，作为中华民族人文始祖伏羲之诞生地，香火绵延，生生不息。游览了这座规模庞大的古建筑群；参观了唐代种植的千年古槐；还有乾隆年间按八掛推演的64棵，而今仅存的37棵古柏。带着对天

作者于天水收藏之缂丝团扇

水的依依不舍，结束了对天水名胜的短暂参观考察。

在回宾馆的路上，纪峰建议我陪他去一家字画装裱店，说对那里一只古代团扇很感兴趣。进入店中，我们直入主题，我反复鉴定审看，又与店主讨价还价，最后纪峰礼让给我购得了这只缂丝团扇。扇面上扇骨勒痕两侧，分别由两位不同的人写的两句祝福语，小楷风格不同，但都精致美观。

回京后，我便拿到冯老家里请其鉴赏掌眼。现在回想起来，场景依然历历在目，他老人家耐心地讲给我说："这幅团扇的一面是书法，另一面可能是绘画。古代人们在老人祝寿、婴儿满月等祝福活动中，经常有文化名流为此留下墨宝，以示纪念。这幅精美的缂丝团扇上祝福语的书法很有功夫，应不是一般人所为，你可以查一查落款人。"

果不其然，经我事后查寻，这幅扇面之书法是清代同治年间的一位进士叫郑守孟（字海邹，清同治四年乙丑科第二甲进士，翰林院编修，工书法）与另外一位光绪年间的举人所书，难得也。难忘的是此次天水之行之幸运，更难忘的是冯老的慧眼和指点。

掌眼录之三——拓片收藏

作者藏《乐毅论》清末拓片

前几年，侄子在唐山的旧书市场收购了一些旧书，其中有一本《乐毅论》拓本引起我的注意，侄子说他只花了30元钱，并将拓本赠送给了我。

这是清代快雪堂法书拓本之一，快雪堂乃北京北海水面北岸澄观堂中最里面的一个院落，其东西两侧回廊的墙壁上镶

逼之以城則之以兵則攻取之事求欲速之功

使燕齊之士流血於二城之間俟欲傷之殘示

四國之人是縱暴易亂貪以成私鄰國望之其猶

豺虎旣大墮稱兵之義而喪濟弱之仁虧齊

士之節廢廉善之風掩宏通之廢棄王德之隆

雖二城幾於可拔霸王之事逝其遠矣然則

燕雖兼齊其興世主何以殊哉其興鄰敵何

嵌着 24 块书法石刻，每块石刻长 1 米、宽 0.33 米。经对比，这本拓片的长度与宽度正相吻合。

拓片上精致工整的小楷书法是唐代著名书法家褚遂良临摹王羲之的版本。在欣赏同时，我更想知道这本拓片是否是原拓本，由于对拓片知识的匮乏，便带着疑惑找冯其庸老掌眼。

那是季春时节，冯老家院子里花繁叶茂，生机盎然。那天冯老也是精神矍铄，神采奕奕，坐在一楼客厅的沙发上。我拿着拓本直接说明疑问，请求指点。冯老没有说什么，先是拿起拓本认真看着每折的文字，并不时地用手指搓摸纸面，研究一番后，对我说："我年纪大了，手指不敏感了，你自己搓摸一下，感觉一下是否有凸凹感。我看这拓片上的朱砂红点是很不错的，这个拓本应该是不错的。"

随后，我搓摸了一下，又让坐在旁边的燕若（冯老的大女儿）也感受一下，确认是原拓本。然后，我便向冯老汇报说，这个拓本是侄子在唐山花 30 元钱无意之中收藏的。冯老赞扬地说："年轻人有这份爱好很好，应该是捡了个小漏，你要多鼓励他，重视文化学习，拓本的知识也很深的。"

还有一次，我在通州古玩城购得一本《淳化阁帖》之法帖

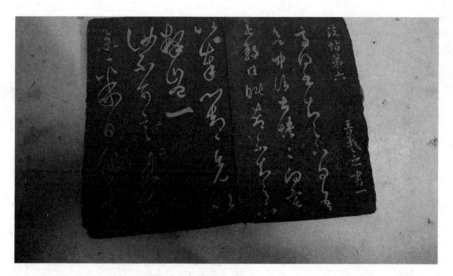

之六，花了几千元钱，又拿去找冯老掌眼。冯老还是那样认真地研究后，告知我，这是一本清末的本子，拓本是对的，品相一般，只是价格高了点。他还告诉我如何挑选好的拓本。

宽堂恩师千古
——悼念冯其庸老

北风哀号，　云天低垂。

物无光华，　花无悦色。

百草凋枯，　万木萧疏。

恩翁仙逝，　万众稽首。

古梅数棵，　凌霜含苞。

簇簇劲竹，　挺拔昂首。

两棵劲松，　常绿依然。

先生音容，　万世永存！

乙未腊月廿八　泣书于通州辑录于《瀚海梦痕》

《雨后即景》 孙满成 画

初港四日识饶公

2015 年 11 月中旬，著名雕塑家——我的好友纪峰，刚刚在中国文联大厅办完个展，就约我一起谈体会。共同的体会就是古往今来，有成就感的大学者无不学富五车又谦卑，因而令人肃然起敬。其中，必须提到的是当代国学名家——香港大学教授饶公，即饶宗颐先生。

一

饶公 1917 年生于广东潮安，祖籍广东潮州，字固庵、伯濂、伯子，号选堂，是享誉海内外学富五车、著作等身的学界泰斗和书画大师。他知识渊博，精通多种外语。多年来，孜孜不倦，在文学、语言学、古文字学、敦煌学、宗教学及华侨史料等方面都取得了卓越的成就。除了专著 60 多种外，尚有发表在世界各大学术期刊及其他书刊上的论文、去短文和杂

题《雪夜读书图》

微风徐徐雪停飘，

寂寞窗外竹轻摇。

柴扉紧闭无人扰，

读书朗朗一通宵。

壬辰正月廿一拙画自题

《仿元人陆广笔意》 孙满成 画

王运天（中）纪峰（左）与作者在饶公学艺展

文约有四百篇。饶公为国际汉学界及海内外弘扬中华文化，做出了不可磨灭的贡献。他在传统经史研究、考古、宗教、哲学、艺术、文献以及近东文科等多个学科领域均有重要贡献，在当代国际汉学界享有崇高声望。我国学术界曾先后将其与钱钟书、季羡林并列，称之为"北钱南饶""北季南饶"。

现任香港中文大学中国文化研究所暨艺术系伟伦荣誉艺术讲座教授、中国语言及文学系荣誉教授，以及中国文化研究所顾问，饶公曾获多项奖誉、荣誉博士及名誉教授衔，包括法兰西学院儒林汉学特赏、法兰西学院外籍院士、巴黎亚洲学会荣誉会员、法国索邦高等研究院首位华人荣誉人文科学博士、中国国家文物局及甘肃省人民政府授予敦煌文物保护、研究特别贡献奖、香港政府大紫荆勋章，以及香港艺术发展局终身成就奖等。2011年12月13日，国学大师饶宗颐被推选为西泠印社第七任社长。2013年3月23日，第五届世界中国学论坛在上海展览中心举行，饶宗颐被授予"世界中国学贡献奖"。2014年9月，获得首届"全球华人国学奖终身成就奖"。

二

谈话间，蓦然纪峰话锋一转，问我12月初有何打算，是否有闲暇时间？我回答道："12月6日要去香港参加亲戚孩子的婚礼，但因初次入港不知手续有否办好，还不知道能否成行。""巧了，12月初我也要去香港参加饶宗颐先生百岁文艺展及其百岁华诞特别活动，届时还要送上我为饶公塑像的小稿，建议一同参加，机会难得哦！"纪峰诚恳地邀请道。真是难得的机会，我当即同意，便加快办理去香港的申请。我们如愿乘坐京九线的动卧列车，12月3日到深圳火车站，转乘朋友汽车经罗湖口岸，于中午抵达香港。

当晚入住位于香港铜锣湾的环麓酒店，酒店是上海博物馆王运天老师和上海摄影家协会副主席、著名摄影家丁和帮助在网上预订的。由于王运天老师与丁和老师从上海乘机先于我们

到达，午后 4 点，我们 4 人结伴，到一街之隔的香港中央公园里的中央图书馆大厅，参加在这里举行的《香江艺韵——饶宗颐教授百年学艺展》开幕式。

开幕式预计在午后 5 点正式开始。在近一个小时的等待过程中，我们 4 人观览了展出的饶公的近百幅书画作品和陈列著作等。在香港中央图书馆逾千平方米的大厅四壁上悬挂的书法作品，对联也好，横幅榜书也好，不乏其草隶篆精品，其作品古拙、质朴、文气浓郁，手卷行草作品更是飘逸秀美，出自"二王"之笔意。展览之绘画作品中，既有墨味十足的写意花鸟，又有宏阔大气的水墨山水，笔法直追宋元。

作者与单霁翔邂逅在饶公学艺展

在开幕式前的静候中，我们仔细凝视、浏览观赏每一件精品，文化气息之浓郁与芳香扑面而来，感受倍加强烈。饶公的博大气象、儒雅风度在每幅作品中升华开来，让人叹为观止。

不知不觉中，时间已转至 4 点 55 分。开幕式即将开始，逾千名香港各界和来自内地的代表陆陆续续进入大厅，现场人头攒动，挤满整个大厅，自然更少不了几十家媒体的"长枪短炮"。

开幕式正式开始前的两分钟，坐在轮椅上的饶公由香港回归后的第一任港首、全国政协副主席董建华先生，现任特首梁振英先生及夫人，香港大学校长马斐森教授，北京故宫博物院单霁翔博士等陪同下进入会场，一时间人潮鼎沸。我也凑上前挤入人群一睹这位当代文坛巨擘之慈祥可敬之容。

开幕式由时任香港特区政府行政司司长林郑月娥主持，香港大学校长马斐森致词祝贺，香港大学饶宗颐学术馆馆长李焯芬代表饶宗颐教授致辞表示："饶公感恩香港，珍惜香港。此次展览洋溢着饶公对香港的深厚感情，饶公也希望大家珍惜香港这块福地，珍惜开放包容的香港精神。"

三

12月4日，与纪峰一起去位于中环的集古斋书店买书，收获颇丰，每人都买了很多书法、绘画等美术类的经典书籍达几十册，这些书多数在大陆不常见。

12月5日上午，我们跟随王运天老师前往香港大学美术博物馆买书。下午，一行4人去集古斋参加纪峰赠送饶公雕像小稿仪式，王运天老师亦赠送了饶公所书在山东济南白云洞景区的溢尺幅摩崖石刻书法拓片（墨拓、朱拓各一张）。饶公女婿、著名词作家兼导演邓伟雄先生接受了馈赠，并回赠我们每人一本他所编著的《笔底造化》一书，并与大家合影留念。

当晚邓伟雄先生又在集古斋旁的北园酒楼宴请我们分别来自新加坡、广州、北京等地的十几位嘉宾。宴会毕已是晚 9 点，王运天老师又带领我们去铜锣湾，拜访其好友翰墨轩主人许礼平先生，许先生向我们赠其新作《旧日风云》。大家兴致勃勃，在一起相谈甚欢，至晚 12 点左右才回到酒店。

四

12 月 6 日上午，我邀纪峰一起去旺角。与昨天刚到的妻子及其来自北京、深圳、上海的亲戚十几人会合，参加妻子在香港的表姑妈所宴请的早茶。因我晚上要去参加饶公的百岁诞辰宴请，遂请假，遗憾地不能参加亲戚孩子的婚礼。

午后 4 点，我们 4 人打车去位于湾仔的香港会展中心，参加饶公百岁华诞的酒会和宴会，参加酒会的各界人士达上千人。酒会上我们展示了饶公的溢尺幅摩崖书法朱拓《上善若水》，一时令嘉宾惊诧赞许不已。

酒会上我们有幸见到了来自大西北沙漠深处敦煌研究院的名誉院长樊锦诗先生，她老人家仍然是一副朴素无华的衣着，仍然拎着她那惯用的布袋，和蔼可亲地与我们攀谈，丝毫没有知名学者的傲气，倒像江南名居中的邻家阿姨，让我们感到是

纪峰（中）和作者与樊锦诗先生亲切交谈

那样和蔼可亲。

晚6点，饶公百岁诞辰宴会正式开始，仪式由港首梁振英主持，中央驻港联络办负责人代表刘延东副总理致贺电。

宴会后每位嘉宾都获赠了饶公的近年著作，又分每三桌一批上台与饶公合影。在这里我得表扬一下自己的睿智，把手机交由宴会还没有上台拍照的一位绅士，请他用我的手机与摄像师一起拍下了我们与饶公的合影。

五

12月7日上午，朋友有安排车专程接我与纪峰回深圳。至

作者（后排左四）与饶老晚宴合影

此，我们满载 4 天来在香港的文化享受和购买的大量书籍，中午赶到深圳福田，把书交由我的朋友黄少安，帮助寄回北京。

中午，接受朋友黄少安的宴请。下午，又约见同学与同事王苏夏、吴迪、晏绪飞一起喝茶，共叙友情。下午 5 点，启程去深圳北站乘 D928 次动卧返京。上车后，就在开车前几分钟却发生了一场惊心动魄的小插曲。这时冯老给纪峰打来电话，我顺手摸了一下自己的口袋，"坏了！"手机落在候车大厅的充电处了。刹那间飞身直奔回候车大厅，以百米冲刺的速度取回手机，跟跟跄跄地返回上车几秒钟，列车便开动了，气喘吁吁的我庆幸地感叹到，冥冥之中冯老给纪峰打电话，却是在提醒我呀！否则初次来香港并参加如此重要的文化活动的所有影像记录将损失殆尽，会遗憾终生的！

这是我人生中第一次来香港，为自己能够参加如此重大的文化盛会而感到欣喜。被称为"东方之珠"、我而繁荣鼎盛的香港，却有所谓"文化沙漠"的误解，对此我不以为然。因为香港有了饶公这样一位鸿儒，华人中的文坛巨擘，就足以证明香港的文化地位是不可小觑的。

当代华人应以有饶公这样一位文化大家而自豪，我乃其中一位顶礼膜拜者，一位文化追随者。中国传统文化博大精深，中华文化世世代代千千万万文化人的孜孜不倦而继承与发扬光大。我等晚辈当亦步亦趋追随饶公等大家，为传承中华文化尽一份绵薄之力！

初稿于 2015 年 12 月 20 日

成稿于 2017 年 3 月 19 日晚 5 点 30 分

三竿两叶 笔下清风

——拜观钱金泉先生写竹

　　曾在苏州工作的同事引见我认识钱金泉先生是在上世纪0年代初。记得钱先生介绍自己时只道了一声"请指教"，顺手递上的不是名片，而是一个印有"苏州华夏书画院"的牛皮纸信封（内有一幅斗方画作——钱先生的《兰竹同春》作品）。

　　就这样，无论是我去苏州造访其"兰竹斋"，还是先生来北京光临我的"墨缘阁"，我们便开始了至今二十几年亦师亦友的交往，每年我们经常两地互访，每次都住上几天，一起交流书画创作心得，更多的是他挥毫示范讲解。

　　正所谓"一世兰花，半世竹"，郑板桥先生竹子画得极好，因为他"四十年来画竹枝，昼间挥写夜间思"。而已届古稀之年的钱先生，半个世纪来牢记先师蒋凤白先生的教诲，专攻"兰竹"且笔耕不辍，其写竹技法从容娴熟，炉火纯青，是当代名副其实的"兰竹"书画名家。

　　他所表现的竹叶，似"个"如"介"之有法，亦有无法叶片之穿插，舒展而富有生机；竹干圆润而挺拔，其劲竹之表现更加粗壮而高耸挺拔，充分地表现了竹的静态美。在展现竹子的动态美上，其笔法善变、着力，用墨亦精到至极。用笔每每以中锋见长，表现出雨竹之朦胧，晴竹之明朗，月竹之皎洁，更有烘染法表现雪竹之纯洁等等，充分地展现竹的意境美。无论是强劲有力的整幅劲竹，还是"兰竹同春"的"一枝一叶"，都是那样淋漓尽致，栩栩如生！仔细欣赏他的作品，会让你自然领悟到竹子那种高风亮节、虚心以待的高贵气质，正如宋代徐庭筠《咏竹》："未出土时先有节，便凌云去也无心"。

　　钱先生画竹师出名家，他师从当代名家蒋凤白先生，而蒋先生又师出潘天寿。蒋老的兰竹"方之板桥则有余，有板桥之劲节，而富有变化，其构图亦能摆脱其定式，较之板桥更胜一筹"，这是冯其庸先生在《蒋凤白先生画册序》中对蒋先生的高度评价。钱先生几十年常伴蒋老先生左右，自然耳濡目染，得其真传，后又拜在冯其庸先生门下，饱受冯老之学养文化之熏陶，所谓"名师出高徒"，钱先生画竹自然"青出于蓝"。他的作品亦深受海内外书画爱好者所接受认可。

有蒋凤白、冯其庸先生的悉心指教与鼓励，加之孜孜不倦的勤奋笔耕，更有遍临上至唐以来画竹之名家作品，如北宋墨竹鼻祖"湖州竹"，元代之倪云林，明代之徐渭、夏昶，清代之石涛、郑板桥、朱耷，近现代之吴昌硕、潘天寿、董寿平、柳子谷等，但他"师古不泥古"，更师法自然。他去过蜀南竹海、安吉竹乡、扬州之"个园"，写生不断。只要有机会看见竹子就禁不住静观一番，仿佛会之老友，有欲亲切交谈之感。

钱先生在艺术上的追求可谓孜孜以求，遍访名师，常与诸多文化大家交游，其"兰竹斋"不乏有钱仲联、蒋凤白、冯其庸、杨仁凯、亚明、田遨、戈壁等文化大家所提匾额。有如此之多当代名人的认可与称赞，自然是钱先生半个世纪以来对兰竹绘画艺术无限热爱，并不断向先贤学习、向大自然学习而笔耕不辍的结果。

正所谓"艺无止境，学海无涯"，钱先生的兰竹之写画艺术秉承先师蒋凤白先生之遗风，其画作被海内外很多书画爱好者争相收藏欣赏与临摹学习。

先生已出版有《中国当代名家书画集——钱金泉画集》《钱金泉教你画兰花》等。欣悉钱先生正在筹备出版《钱金泉教你画竹》，自然又为广大兰竹绘画爱好者提供系统、全面、深刻的学习资料。虽与钱先生亦师亦友，但我更是先生之兰竹写画之忠实粉丝，非常期待该书的出版。更祝福年已古稀的钱先生身体康健，并期待先生以更加炉火纯青之写竹技法，绘画出更高水平的精品之作。

拙诗一首，以表寸心。

独步幽篁里，

瑟瑟风雨声。

竿耸个叶密，

凌云志萧疏。

姑苏兰竹斋，

笔下清风来。

峻节亦虚心，

古稀更抒怀。

丙申小寒于北京

常洲孟河北倚小黃山東枕揚子江自古翰墨地星象聚文昌曾
春秋戰國黃公子於此就讀蕭氏誕生凡天監之治弄權於南
梁明清有輝壽平近有劉季芣常洲畫派始乙名揚九龍禪寺
香火蒙繞千年綿長臨右廿歟剙建書廊畫坊氣勢恢宏畫棟
雕樑主人錢氏孟河遊子客居姑蘇攻丹青以蘭竹見長師承
壽者高志風白氏蔣又投學大師馮其庸拓己文荒仰慕賢良
逾古稀筆耕不輟訪南田貢返鄉旨在傳承訓又兒郎助公子
拜師名家程大利攻山水成名於京華可謂之竹枝凌空舞但
聽穎穎嶽空岩幽幽靁澁香空自萌點染山隱隱欸擦見雄峯
秉持翰墨志任尔策馬馳

賀錢氏父士孟河書畫展　庚子暮春　滿成書於京華

孫滿成　书

127

贺钱金泉、钱俊父子水墨画孟河联展

常州孟河，北依小黄山，东枕长江。星象聚文昌，自古翰墨香。乃春秋黄歇就读地，梁武帝亦诞生于此。其为布衣之交和尚所敕建之九龙禅寺，香火萦绕千年至今。

临其右侧之孟河书画院，占地廿亩余，恢弘之气势；典雅之风格异同于姑苏拙政园。主人钱金泉乃孟河游子，客居姑苏，专攻绘事，师出名门于寿者高徒蒋氏凤白；又承学于国学大师冯其庸。深得二位先师所重。年逾古稀笔耕不辍，志久弥坚。重传承，助其公子师名家程大利攻山水于绘事，学有所成。感此其父子孟河联展之际，以拙句两首贺之：

其一

清风籁籁声，月下空谷幽；

钱老写个叶，归乡访南田；

置地廿余亩，千年古刹旁；

旨在香萦绕，入室即成芳。

其二

北望黄山小，侧睨长江流；

入尔钱俊意，下笔策马游；

点染山隐隐，线挑起琼楼；

秉持翰墨志，不易万户侯。

岁在庚子仲春 满成于北京墨缘阁

其三

凌空皓月竹透墙，徐徐清风籁籁声；

钱老半生写个影，归访南田动乡情；

空谷幽幽香迎客，置业廿亩古刹旁；

旨在兰竹翰墨志，免俗入室即成芳。

庚子三月 溯日 满成又题

注：黄歇即春秋战国之楚国公子春申君；寿者即近代名家潘天寿；个叶即竹叶；南田即明末

清初孟河翰墨名家恽寿平字南田；入室成芳即指梁武帝萧衍之孙梁宣帝萧察喜欢兰花之成语。

苏州游记

作者向秋爽方丈赠其作品

　　癸巳春节，我们全家邀居沪之亲两户计十口，驾车游姑苏寒山寺，由居姑苏之师友钱金泉引介，免费入寺，并获赠素斋；午后，与主寺方丈秋爽再度相聚，亲切交谈。我赠以拙作《仿倪瓒秋霁图》及楷书、行书《心经》各一；秋爽回赠我一幅四尺行书作品。

作者与秋爽方丈亲切交谈

　　道别后，又往钱金泉师之雅居。夕阳西下时分，前往下一
站江阴。翌日，一同前往的我的连襟柏占山赋诗一首，我和之
以回敬。

苏州记游

癸已初二奔姑苏，

早春还凉暖却无。

寒山寺内方丈室，

遍读偈语与僧书。

小僧引吾击钟去，

又赠午餐斋饭足。

午后终得秋爽现，

掸尘合影意脱俗。

一行十口计三户，

姑苏枫桥影不孤。

金泉画房又踱步，

更获墨宝乃兰竹。

若无此行经见识，

老夫半生谁曾服。

癸巳正月　和老柏诗

兰亭半日

己亥秋分前两日，南下山阴，偷闲半日，拜谒兰亭。时逢绵绵细雨，但兴致盎然，携妻伴友二三，了谒书圣故里之夙愿。时虽短，意却真。遂草成拙句以记之。

露冷秋期半，
细雨又风清。
拙夫摹风雅，
匆匆拜兰亭。

溪边石上坐，
俨然晋时客。
静看潺溪水，
也盼觞漂过。

鹅池碑旁看鹅，

林下石上临摹。

诗碑墙前品详，

右军祠里景仰。

感此茂林深处，

谒往逸少亦多，

千年修禊雅事，

几经骚人述说。

已亥秋分前日记于 G58 次列车途中

作者（右一）、钱金泉（左一）、小商（中）兰亭前留影

同窗卅五载信阳聚游记

豫南信阳，现辖二区八县为豫之经济重镇。因古属楚地，炎裔姜姓封申国于此，称古楚申洲。隋有"申塔""申碑"；古之孙叔敖造"期思坡"，惠民于今日。今首颗卫星所奏《东方红》，乃出自其长台关编钟所奏。特产之板栗、枇杷、茶之"信阳毛尖"等闻名遐迩。

此地西靠桐柏，南依大别二山，分水于江淮，中凸于丘岗，北凹于黄淮。乃山清水秀、稻谷盈野、麦香鱼跃之宝地。更有矿藏珍珠岩矿三坑，居宇内之首，同窗陈延东现拥之一二。

延东虽世出悬壶，然所学电气。弱冠却执教理水于北国高校，而立之年又下南粤捞金，营其廿载，渐成亿兆之富贾。遂"逐鹿中原"，于此投资一矿两厂。研矿之废料以取专利，造仿理石之轻质墙材，畅销海内，司名"科美"。置会所一栋，待八方之来客；又租六十载之千亩山林，以备养颐之需，乃其深谋远虑矣！

时逢乙未仲春三月之望日（2015 年 3 月 5 日），应延东之盛情之邀。昔冰城同窗之十男七女，或搀母带女，或携妻伴夫，累计廿三人，自北国江畔、南海之滨、京畿重地、西子湖边、漓江之岸，齐聚此福地。忆三年同窗之稚事，叙卅之又五载前苦读寒窗之情谊。

抵申当夜，于其会所，把酒言欢，高歌引吭，至子夜方歇。

翌日，一行往市郊珍珠岩矿址。踏灰爬坡，俯察数丈深之矿坑感叹储量之富有；虽有掩鼻以避吸尘之无奈，然众人仍于嬉笑下撤中释陈某之不易。

乘车又至开发区其百亩之厂区，观其百米长之窑炉，抚百种千色之产品。闻陈某之滔滔不绝，俨然一销售经理，详述其产品性能。不经意间洞察，其眉宇间得意之侧漏。遂释怀其发稀面皱之态，众钦佩之情溢表。

至办公室，茶歇小憩片刻，又往市区西南五公里外之南湾湖景区游玩。这里乃源远流长之历史遗产，以浓郁丰厚之民俗风情而著称；加之以幽、朴、秀、奇之风格，以山、水、林、岛之完美和谐而闻名。众人登高远眺，千顷之水面，星罗棋布之岛、渚，尽收眼底，美不胜收！尽兴游观约一个时辰，又集合登车前往几十里外陈某所租之千亩山林。

约三刻即至，下车伊始，顿觉清新扑面，心旷神怡。欢声笑语于郁郁林中、池塘边、长亭下。正午时分，备餐有烤串、山珍野味，尽享推杯换盏之饱饫。

午后，有亭檐之假寐，多三五结伴，赏美之山林，吸怡甜清新之空气。此处原乃国营之林场，林中有小路崎岖纵横，有高耸之乔木，亦有野果丛林，喜鹊喳喳；更有自然流淌之蜿蜒水系，虽无山石堆砌之驳岸，但有茂盛之灌木杂草丛生；亦有野花朵朵，风姿婀娜；静谧中偶有孤鹜腾飞。若绵绵细雨中置身岸边，草帽于顶，蓑衣加身，探杆一枝于水上，俨然"山中野叟一钓翁"矣。但见开阔处，片片林苗，整齐划一，假以卅年，定显之以郁郁茂林之壮观，再完备以亭台楼阁、宾馆酒家，乃踏青休憩佳所之大成也。届时，我等均至耄耋，当以齿落发稀、长髯于胸而垂垂老矣！尚能聚之于此观否？

夕阳西坠，霞光泛红，众人似百鸟归巢再聚于长亭。杀猪菜、

作者（后排左二）与同学合影于南湾湖畔

煮毛豆、拌黄瓜、葱蘸酱、玉米饼，喝小烧酒——"可劲儿造"！真乃关东人旅中原地，尝关东菜，叙同窗情是也！

夜幕降临，皓月当空，繁星点点。陈某属下点焰火升空，刹那间，"东风夜放花千树，更吹落，星如雨"。众人虽兴趣盎然，然均已疲态尽显，遂蹬车返会所。

又寝前不眠者几人，再聚于陈某办公室，观鄙人之挥毫，合影赠画，煞有介事，谈笑间捧之以雅兴，逾子夜方罢。

三日晨起，众人致陈谢意，更期之以再聚，纷纷道安，各自结伴，或返程，或他处游玩，此次信阳聚游于依依不舍中结束。

短短数语，词不达意，不尽详记。实乃黔驴技穷，文采不济！
不揣浅陋，贻笑大方！诚请见谅！

808 贱弟之满成记于 2015 年 3 月 15 日

注：主人：陈延东。是时参与者：孙旭东、孙满成、周湘、刘连景、霍洪勋（带女）、王刚、李秀山（夫妇）、刘万全（携妻）、李国强、杨丽、何凤、陈玉贤（带女）、陈玉环、李捷、李伟卓（挽母）、张宝珠（伴夫）。

敦煌、炳灵寺游记

2014 年 8 月 9 日 上午

莫高窟之游

大清早 5 点钟我们一家 3 口从市里出发赶往首都机场 T3 航站楼，大约 5:40 分到达。此次旅行是与纪峰两家人一同前往敦煌。乘坐的是 CA1287 次航班。安检时，唯我出了点小插曲，尴尬羞愧也，竟违规误带了一只电击手电筒被依法没收，而且经过了警察的严格盘问后才得以放行，还好没有耽误登机。

飞机正点起飞，经过了三个半小时飞行，于上午 10 点飞机降落在敦煌机场。走出舱门，第一次呼吸到西北大漠的空气，顿感凉爽而清新。仰望着这万里晴空、的蓝天白云，远离千里之外熙熙攘攘北京城的嘈杂声，还有那 8 月间闷热的空气和灼烈的日光，两家人欣然雀跃，兴致勃勃于敦煌机场合影留念。

作者一家（左）与纪峰一家（右）于敦煌

出机场，十几分钟后入住敦煌市内的飞天大酒店，中午时分，同大多数初来敦煌的游客一样，我们先到当地著名的传统达记驴肉黄面饭馆一饱口福。可是，当我们来到这家饭馆时，发现有很多游客正坐在那里静静等候，原来饭馆还未到开业时间，不禁感叹着西北人经商的"迟钝"。历时7个多小时旅途劳累，大家已是饥肠辘辘，约半小时后，驴肉黄面上来了，我们急不可待，狼吞虎咽地填饱肚子，却对这份名吃的味道不以为然了！

回酒店小憩之后我们就直接去敦煌游客中心找李主任（她

是纪峰的好朋友，敦煌研究学会秘书长介绍的），她给我们出
了 6 张 VIP 招待票，并把我们引进安检后，我们首先看了宽银
幕的电影《千年莫高窟》和穹幕电影《敦煌莫高窟》各 20 分钟，
对莫高窟有了大概的了解。之后，随其他参观者乘大巴车前往
莫高窟。

　　莫高窟开凿于敦煌城东南 25 公里的鸣沙山东麓的崖壁上，
前临宕泉，东向祁连山支脉三危山。南北全长 1680 米，现存
历代营建的洞窟有 735 个，分布在高 15 ～ 30 多米高的断崖上，
上下分布 1 ～ 4 层不等。我们先后参观了 24、249、259 等几
个窟内壁画与雕像，尤其北魏时期的石窟中的禅定的菩萨，微
笑的禅定神态是那般慈祥、和善、自然、洒脱，有着典型的东
方美。经过讲解员的讲解，令众参观者赞美与折服，还有那些
栩栩如生的精彩壁画，是千百年来一代又一代的画师们用聪明
的智慧、精湛的技艺和娴熟的手笔，诠释一个又一个佛教典故，
所有不同时代的壁画，都令人叹为观止。说实在话，很多壁画
我真是看不懂的，敦煌学本身就是一门深奥难懂且历史悠久的
佛教文化遗产，我深深体会到，如果事先不做些精心准备并对
佛教故事有深刻的理解就贸然来参观游览，可以说，只能是一
种了解，走马观花而已，更是对旅游资源的浪费和往返几千公
里的徒劳。

作者在复制窟前

　　当我们跟从大部分游客进入一些洞窟游览时，切身感受到的是当下的游客同我们一样，很大程度上均为普通百姓，"到此一游"而已。对这些精美绝伦的壁画而言，熙攘的人群所呼出的股股二氧化碳的热流简直就是摧残和践踏，更是对这历经千百年来的佛教文化经典的亵渎！可悲的是，多少游客却不以为然，甚至浑然不知！可悲矣！因此，本人幡然醒悟，多了一番自责！

　　跟随大队人马先后草草参观完莫高窟的 244、249、259 等窟的壁画后，又在九层楼（大佛寺）外的藏经洞藏品展示馆参观了有关藏经展品，在这看到了一千二百年来各种文本的藏经展品，有汉、西夏、回鹘文、梵文等，除一些汉文字的往来信件及经文外几乎全看不懂，只能算是对这些知识有了点滴了解而已。

一座石窟，一个世界，一孔洞穴，一段历史。那端坐的佛陀、站立的菩萨、千手观音、灵动飞天之女神、反弹之琵琶、怀抱之胡笳，每一样都令我们沉醉着迷。然而，我们只有在不舍中别离，期待下此再来，能长时间驻足观赏。

2014 年 8 月 10 日周日

拜访樊锦诗先生

敦煌的早晨比北京日出时间要晚约两个小时，因为昨天过于劳累，一直睡到早晨 9 点多，刚醒纪峰就接到李萍电话告知樊锦诗院长正在等我们，我俩便匆匆打车前往莫高窟的敦煌研究院。

研究院设在莫高窟对面个一比较恬静的小院里，院四周栽满毛白杨，如果不是路过几十公里的戈壁之路来到这里，置身院中，绝不会想到这是在连绵起伏干涸光秃的三危山下，莫高

作者与樊锦诗先生合影

窟对面竟有这样一块僻静之处。院子并不大，一进院，映入眼帘的是敦煌研究院第一任院长常书鸿先生的站立塑像，令人肃然起敬。塑像身后便是一座现代化的二层小楼，即敦煌研究院办公楼。

走进小楼，经保安盘问通过后，来到二楼，可能是周日，诸房间均敞着门却空无一人。在最里面的一间办公室内找到了樊先生，原来满头白发、瘦小却爽烁、慈祥、安静的樊先生是专门在等我们的。

先生在专心致志地对着笔记本电脑忙碌着，我诧异地看着近80岁的老先生娴熟地操作电脑。纪峰小心翼翼地敲了敲门框，先生抬头道了声"请进"，引我俩进室内，到沙发椅上就座后，先生却坐在了门旁的木椅上。这个小小的举动，让我不经意间体会到了老先生的谦卑与和蔼。

纪峰代致了冯其庸先生的问候，并递上自己的画册和与先生一起参观香港饶宗颐纪念馆时的一些合影照片后，我也恭敬地递上了自己的名片。接着先生向我们了解了冯其庸先生的身体健康情况，接着又聊起饶宗颐先生的近况，"饶老已经98岁了，现在也不宜多动了。"言语中樊先生对两位国宝级先生是那样的恭敬。

先生又简单地介绍了莫高窟现状及保护过程中的苦衷与无奈。近几年每天接待游客达6000人以上，这还是控制的结果，否则还要多。先生对当下地方旅游资源开发与世界遗产保护之间的矛盾忧心忡忡，谈到了对国民素质提高和文化遗产保护意识增强的期望等等。我们愉快地交流了半个多小时，告辞时向先生提出合影留念的请求，先生欣然同意，并示意在饶宗颐先生为其题字"极深研几"的书法横批前合影，不难看出先生对饶老的崇敬之情。

走出小院，我的脑海中仍然思索着，生在杭州、长在上海、学在北大、却在这茫茫戈壁坚守50多年，为敦煌艺术献身终生。如今经过大漠风沙的洗礼，和对一千六百年莫高窟佛教经典的解读与熏陶，她俨然成为了一尊"菩萨"。她用一生的心血延展和保护着敦煌艺术，捍卫着这座艺术宝库；虽体态瘦弱，看似弱不禁风，但内心确无比强大；她无愧于这个伟大的时代，犹如茫茫戈壁上的一颗明珠，熠熠生辉影响着后来人，保护和不断传承着中华民族博大精深的敦煌艺术。

按先生建议，我俩叫上两家母子又来到了莫高窟对面的艺术展馆，详细参观了几座典型的石窟艺术复制窟及莫高窟壁画修复历史和有关出土文物展览，方觉过瘾。下午3点多才返回敦煌市里。

历时一天半的时间，我们对莫高窟的参观游览才算告一段落，但总觉得意犹未尽，有些恋恋不舍。让人终生难忘的是那些精美绝伦的千年壁画和栩栩如生的佛造像，无声地阐述着一个个精美、鲜活的佛教经典故事，令人叹为观止。令我等晚辈敬仰和钦佩的是那些创作壁画和雕像的先贤们的无穷智慧与执着精神。

我们更不能忘记那些义无反顾、执着、坚定，以"极深研几"的精神，为研究、恢复和保护这座艺术宝库而鞠躬尽瘁、为敦煌艺术而献身的常书鸿们，还有当下孜孜以求、依然奋斗在一线的樊锦诗先生和她的同事们。

2014 年 8 月 11 日星期一

大漠之旅

清晨 6 点 40 分，我们分租两辆出租车，从敦煌飞天大酒店出发驶入茫茫戈壁，开始又一天的大漠之旅。

第一站是去往 170 多公里外的雅丹龙城（也叫魔鬼城），汽车在茫茫戈壁笔直的公路上快速行驶，拖起一股股尘烟。我时而侧望窗外，目睹那一望无际的戈壁沙漠；时而打盹闭眼养神；时而摄像记录。映入眼帘的是大小不一的沙丘，布满灰尘的墩墩红柳，可喜的是居然见到了传说中不常见到的几匹野马，它们在红柳丛中自在地穿行着。我们停下车来，不忍惊扰，只能远远观瞧。

进入景区的第一道要交上每人 40 元的门票，然后再驶上十几分钟才正式进入雅丹地质公园大门，小车只能停在停车场，公园停车场边是一座与大漠浑然一体的服务性建筑，墙上的几个大字醒目："雅丹龙城"。顿时让人想起王昌龄的《出塞》："秦明月汉时关，万里长征人未还。但使龙城飞将在，不教胡马度阴山"，让人想起一千几百年前曾镇守边关的悍将卫青和李广；让人联想起千百年来一朝又一朝、一代又一代为捍卫中华民族安宁、祥和，而在这孤深大漠要塞镇守的骁勇将士。比较千年以后的当下，我们可否理解当时他们的艰辛、无奈、勇敢……

转乘游览大巴车，驶入雅丹地质公园腹地。壮美的雅丹地貌。形成于二千四百万年前至今不曾间断的季风，飞沙走石，形成了现在魔鬼般的神态，魔鬼般的嘶叫与狰狞……

雅丹壮丽雄伟、怪异神奇之地貌，只有如此亲临其境方能领略其震撼无比。方圆 400 平方公里的大漠戈壁内尽现的是大自然两千四百万年里的鬼斧神工，雕琢出栩栩如生的狮子、孔雀等形状。仿佛阵阵蓄势待发的舰队奔驰在汹涌之大漠沙海，被人称为"西海舰队"。可以想象夜幕降临之后，尖利劲风发出之啸声，犹如千万只野兽在怒吼，令人毛骨悚然。"魔鬼城"之称谓并非空穴来风。这里再往西就是新疆东南部的茫茫戈壁大漠了。

游毕雅丹地质公园，我们又驱车前往闻明古今的玉门关小方盘城遗址，人们都会咏唐代诗人王之涣的《凉州词》中的"春风不度玉门关"，当我们驻足这戈壁上孤立的方盘烽燧，却看不见一片孤城与万仞高山，更听不见那哀怨凄楚的悠扬的羌笛

雅丹"魔鬼城"

声，但却真正能体会到这遥远的要塞关隘的昔日雄伟，似乎能
体会千百年前戍边将士昼点烽烟、夜焰明火，不时加急传递匈
奴进犯的讯息，似乎也感受到那几千里之外的长安皇都对戍边
战士鞭长莫及关怀不足的无奈。玉门关只余下断壁残垣，却让
人仍能隐隐感受到边关金戈铁马之气象，使人不得不感慨历史
之沉重与苍凉。

当我们专注对小方盘城遗址拍照留念的同时，蓦然发现小
方盘前方不远处还有几百亩布满茂盛绿草的沼泽，试想千百年
前，古人对这片绿地应该是何等地珍惜。回京后，当我向恩

师冯其庸汇报此段经历时，冯老告诉我，小方盘城旁边还一片一千多年前留下的"古草"，是当时战马的补给。可惜我们没有注意到。

哦！忘了到此之前我们先到的是汉长城遗址。脑海中印象最深的莫过于绵延、雄伟、坚固，东起山海关、西到嘉峪关的万里长城。我对这段仅存不足一公里的汉长城遗址却知晓甚少，在茫茫戈壁沙漠少有的植物中，当属红柳为最多，古人就是用这红柳掺和着黄泥，层层叠压而成了这千年城墙。

自玉门关的小方盘城往阳关，走的是另一条路，朝格尔木方向。下午时分，大家都已饥肠辘辘了。进入阳关便迫不及待找了一家饭店，饭店所在小镇只有几户人家，但其不是江南胜似江南的景色着实让人倍感亲切和兴奋。几户人家都开着饭馆，周边是葡萄园，路边流着不断地从昆仑山的雪水，清凉至极。

与来这里的其他游客一样，我们摒弃室内雅间，选择葡萄架下的餐桌。信手摘几粒尚不成熟的葡萄，调侃着，无视服务员制止的无奈，夫人和孩子们有的看谱点菜，有的摆着姿势照相。说笑间，大盘鸡、大炖菜上桌了，不菲的价格，让我们一边感叹着这里蔬菜的稀少与昂贵，一边便狼吞虎咽地草草填饱肚子。

首站是阳关博物馆。这是一座新建的院落，大门前矗立着汉使西域的著名使臣张骞的塑像，令人诧异的是这座张骞塑像却是武将形象，马上持枪，勒缰欲腾，与我们昨天下午在敦煌游客中心看到的宽银幕电影中《千年莫高窟》中的使者张骞马上文官的形象迥然，这促使我对这位凿通西域的千载功臣，有了深入了解的念头。

印象最深刻的当属阳关烽燧遗址，这里是古丝绸之路中阳关遗址的纪念地，也是王维《送元二使安西》（也称《渭城曲》）中所说的"西出阳关无故人"的"阳关"所在地。大家纷纷在刻有"阳关遗址"的石碑前合影，让我和纪峰欣喜的是这里的红柳丛中有两块随形石碑，上面镌刻着季羡林先生和冯其庸先生的书法作品。其中，冯其庸老书写的是唐代王翰的《凉州词》，"葡萄美酒月光杯，欲饮琵琶马上催，醉卧沙场君莫笑，古来征战几人回"。在京外几千公里的阳关故址，能与冯老书写的碑刻合影留念，乃幸事也！仿佛我们又置身于冯老身边，欣赏着其书写时的专注神态。

乘车返回途中，不时回望着那曾经巍峨、至今依然耸立的阳关烽燧。千百年来被历代文人墨客吟诵着、冥想着、思索着，仿佛昨天与匈奴的厮杀刚刚平息，丝绸之路上，西行的载满货物的驼队又渐行渐远，淹没在那茫茫大漠中。安西龟兹乃至西

阳关　冯老题字刻石　作者摄

域尽头的商人们翘首企盼着、期待着……

　　两天的敦煌之游短暂而充实，带着满足也带着疲倦，行色匆匆结束，在感叹不过瘾的同时，更多的是此次西行的欣慰。恍惚间萌发又一念头：何时向西域纵深龟兹、于阗一游，观一观大漠另一端之风景！

2014 年 8 月 12 日星期二

黄河上游刘家峡

　　清晨 7 点出发，自敦煌机场乘 CA2187 次航班飞往兰州（经停张掖机场 20 分钟），于上午 10 点 30 分到达兰州中川机场，乘机场大巴，沿着正在维修的崎岖公路 70 余公里才到达兰州市中心。中午在兰州吃了著名的牛肉面后到兰州西客站，又乘大巴沿着山谷公路，前往 70 余公里以外的刘家峡镇（永靖县所在地），准备翌日在这里改水路往炳灵寺。

夕阳时分，我们在黄河岸边的船坞饭店上望着长河落日，吃着 4 斤重的黄河鲤鱼，望着波光闪闪而湍急流淌的黄河水。这段的河水比兰州段的水要清亮许多，此时的落日也似火般浓烈，闪映并目送着涛涛黄河水，联想昨天的大漠烽燧，你会真正体会到"大漠孤烟直，长河落日圆"的诗情画意。对了，大家也分享了当地生产的黄河牌啤酒。

这一天虽然天上地下不停地赶路，但未觉有多累，吃完晚饭兴趣未减，过黄河悬索桥到对岸，参加当地居民的广场舞会。大家和着音乐，或摇着身子，抖着脚步。妻子竟还加入藏族舞者的舞动队伍，别说，还挺像样，我用摄像记录下来。如果不注意，你定会感到这是春意盎然的江南。黄河两岸霓虹灯闪烁，高楼林立，西北地区竟有这样繁华的县城，我诧异了。

接着我们又去了 KTV，直到午夜，才回到当地唯一的四星级酒店——鸿瑞假日酒店休息。明天将乘船去往炳灵寺游览。

2014 年 8 月 13 日周三
拜谒炳灵寺

清晨，我们在宾馆结账，存好行李，打车去刘家峡水库的码头，乘快艇去炳灵寺。这里的旅游开发进程很慢，管理很不规范。私人随便揽客、拉客现象严重，且船只多是个人的。我们刚赶到码头就被忽悠上了私人艇，但还好及时下船，改买正规票（有保险的），上了正规游艇，但也耽误一小时才启程。快艇载着我们在水面上飞驰，清澈的碧水波光粼粼，两岸陡峭的山峰和蓝天白云映在水面上，仿佛快艇在画面上飞驰。有黄河三峡之称的刘家峡水库辽阔的水域景色，着实美不胜收啊！刘家峡是黄河第一峡，九曲黄河水在这里转了一个 90 度急弯，然后穿过峡谷一路向西流去。那浑浊的黄河水经过水库的沉淀，变得清澈湛蓝，如果不说你很难想象到这是黄河水。我坚信有这样美丽的自然风光和著名的炳灵寺等名胜古迹的存在，如此优良的旅游资源在不久的将来会被开发出来的。

大约一个小时后快艇靠岸，炳灵寺到了。一下快艇，我就被眼前的景色惊呆了。姊妹峰是奇高万丈，骆驼峰是那样形象逼真，崖壁上的壁龛佛雕像星罗密布，崖壁下就是古老而漫长的黄河故道。遗憾的是因为下游修建了刘家峡水库而水位上涨，一些壁龛永远被淹没在水下了。

作者在炳灵寺大佛前

　　这里的佛像和麦积山石窟、洛阳石窟、莫高窟的不尽相同，但洞窟内多是一佛二胁侍，即佛陀在中间，左侧阿难，右侧大迦叶，或者左侧观音菩萨，右侧是普贤菩萨。最大的一尊坐佛是依山崖雕成的，佛的胸部以上是依山体雕成，下半部是泥塑上去的，我们看到的是清朝人重修的。这尊佛高达 27 米，左手已不知何时被毁，现在已无法弥补上，可能是因为没有史料记载原来是何种姿态。

　　遗憾的是这里的石窟正在修补，无法一见真容了，只剩底层的可以观拜。我们游览了近一个小时，便又乘快艇返回刘家峡，已是中午。

又回到昨晚吃饭的船坞饭店，要了一条 2 斤重的黄河鲤鱼和一些特色菜，吃完饭已近下午 3 点，其间我与纪峰及其儿子纪昀岚去了家路边的一家画房，是画工笔画的。之后，我们约好了出租车出发前往兰州中川机场，用了近 2 个小时才到达，又等了几个小时，乘 CA1240 次航班，于 22 点起飞，于午夜 12 点 30 分回到首都机场，到家已是凌晨 1 点 30 分了，足足 6 整天的西部之游画上了句号。

感触良多，点滴记录，意犹未尽，下一次不知何时成行，再往丝路纵深游览。

记于 2014 年 8 月 14 日

山不在高，有仙则名。水不在深，有龙则灵。斯是陋室，惟吾德馨。苔痕上阶绿，草色入帘青。谈笑有鸿儒，往来无白丁。可以调素琴，阅金经。无丝竹之乱耳，无案牍之劳形。南阳诸葛庐，西蜀子云亭。孔子云：何陋之有。

乙亥正月 孙满成 书 唐刘禹锡陋室铭

孙满成 书

戊戌家乡秋游记

戊戌七月廿日，北国初秋，我乘高铁自京畿至冰城，当晚与振忠、景军、绍忠聚。翌日，清晨卯时与振忠、景军驾车启程，沿哈佳高速，一路向东，行程四百余公里，约午时许，至桦川县城之悦来镇，与发小七八人小聚。午餐毕，又伴绵绵细雨，一行散步于松花江畔。

抚栏立岸，静观松花江水之汹涌东奔，瞻抗倭巾帼冷云塑像之凛然，感当年热血沸腾之壮志雄心，意气风发。

漫步于江堤，掠清风之怡爽，忆美好童年，聊幼年趣事，时而扯衣拽袖，稚态尽显，引不断之笑声朗朗，惬意无边！

三日，朝霞初上，晴空万里，白云悠悠。我等一行 5 人，自江边驱车向南，往完达山脉之七星峰森林公园。行程约 50

作者（左五）与同学合影于抗联基地

公里。与候之于公园大门外之集贤阔别38年之五六同窗相聚，嬉笑猜认中，感慨人生之沧桑。一行十余人行于崎岖山路，置身于万亩森林之中；探抗联遗址于森林之幽处，景仰抗日烈士浴血、抛颅之壮举。肃然合影于其中之影视基地，共进午餐后，目送大庆桦川等三位发小返回。

余下诸位又沿当年金富履任该林场场长时设计之木栈道，于林中纵深徒步穿梭十余里，至三江平原第一高峰之七星峰下。仰观秃石高耸之巍峨山峰，望其陡峭石壁而却步，然不及景祥君怂恿，胆战心惊中拽钢索攀升，亦步亦趋，克难登顶。情不自禁，振臂高呼，顿感舍我其谁之兴奋。

《七星峰北望》 孙满成 画

立七星峰之秃石峰巅，环视四周，怪石嶙峋，皆花岗岩之峰岭跌宕。七星峰、七女峰、利剑峰三峰与金鱼、佛手、骆驼、虎头四峰对峙，尽显其险要奇峻，耸立巍峨！

定神而眺览峰南，隶属桦南（县）下辖之林场，群峦叠翠，郁郁葱葱，连绵起伏，一望无际，尽显完达山森林茂密之壮美，又转身而负阳北望，分属集贤、桦川两县下辖之辽阔良田，黄绿相间，色块千顷；自远及近，村镇星罗棋布，天际边之松花江细如白线。尽收江河、平原、山峦于眼下，一饱眼福，自豪于北大荒旷阔、绵邈之壮美。

夕阳西下时分，我等皆汗流浃背，于饶有余兴而不舍中下山。与久候于山下的振义、高庄等乘车同往集贤县城之福利屯镇，自然又一轮推杯换盏，尽享家乡山珍土产之美食。

至午夜，于依依不舍中道别，各自安歇！第四日，东方吐白，遂与振忠驱车返程。

短短几日，重回阔别已久之家乡。有众发小、同窗之盛情伴游，圆青丝离乡背井之梦。想如今我已白发盈头，逾知天命之年，情之所至，缘何不眷恋朝如青丝之美好！

返京几日，激动之情，仍难释怀，索性披衣靠枕，提笔抒情，然源于鄙人之文采匮乏，惟以简记。

特此致谢陪我伴游之桦川发小：韩振忠、王大庆、李景军、袁金财、许庆、李国军；集贤同窗：冯金富、韩崇文、王景祥、高庄、丁振义、杨振友。

搁笔！

戊戌七月廿八记于京华

家乡的味道

今年八月，回了趟东北老家。久违的家乡，让我回味的，以致若干年日思夜想的是那油黑土地所散发出的芳香。已近天命之年的我，品味的渴望尤为强烈，而且常常苦思冥想的就是家乡的这种味道，久违了。

一望无际的田野中，一座近百年历史的小村。这里没有城市的喧嚣，更没有城市里噪声、浓烟、污水等现代文明所带来的污染。湛蓝的天空、黑油油的土地，折射出原生态的淳朴、天真、憨直……

走在家乡田野的泥土路上，真有一种回到孩提时代的归真之感，瞬间甩去了城市中无所不在、无孔不入的烦恼与浮躁。连绵起伏的丘陵地貌，一眼望去，辽阔波澜藏在淡淡的晨曦中，清亮圆圆的朝阳升腾起来。辽阔的大地，仿佛一幅浓墨重彩的画卷铺展开来。春华秋实，此时正是秋收的前夕。漫步在这五颜六色的田梗上，体验着家乡的自然、纯朴，金风带着果实的芬芳，轻拂着脸颊与发鬓，爽极了。

小村的土坯茅草屋绝大多数已变成明亮洁净的红砖瓦顶的现代村舍，但依依不舍的柴草仍然是大部分乡亲首选的主要炊事燃料，柴草燃烧中所产生的炊烟，淡淡的糊糊的气息弥漫于家乡小村，袅袅炊烟迈着少女轻盈、摇曳的舞步，在天空中飞扬，在小村房子周围、绿树间发散开来，让人不由想起清晨吐露，树林与庄稼地里呈现的雾霭，披着轻纱的梦，真的美极了。当金风吹过，炊烟又像调皮的男孩迅速向未来、 向蔚蓝的天空窜去，你是找不见影踪和边际的，小村便也如脱下薄薄的纱衣，裸露出小村初醒的清新与美妙。

小村西有一条小河，叫音达木河，河边有几个小孩儿在嬉戏。孩子们卷起裤腿，把白皙的脚丫浸在水里。整个下午，顽皮地到处追逐，不时溅起阵阵水花。阳光下他们的笑声也仿佛清脆许多。天空中排列整齐的雁队已相随南飞，高高地飞过屋面，绕开了村舍升起的袅袅炊烟……

我又回来了，离开家乡小村30多年了，回来的次数有限，但一回到这生我养我十几年的小村，回到孩提时代最美好的地方，这里的所有既陌生又熟悉，但总是那样亲切。思绪也弥漫在一望无垠、五颜六色的田野里，融入到催熟果实的金风中了……

原刊载于《中国建筑装饰报》2012 年 12 月 31 日副刊

我的书箱

　　拥有书箱是在小学三年级的寒假。小时候，家在东北的农村，一家 7 口人靠父母在生产队挣工分糊口，生活很是拮据。那个年代能读上书就不错了，不敢有别的奢求。我在家中排行老大，上学时，弟弟妹妹们都还小，总是乱扯我的书本，因此经常被老师批评，我感到既无奈又委屈。那个时候我就想，要是能有一只书箱就好了。直到三年级，父亲将他从城里下放时带回的小箱子腾给我用，终于满足了我的心愿。那一刻，我感觉到了一种从没有过的幸福，书箱便成了最珍爱的宝贝。也因此成了几年后弟弟妹妹们向父亲索要书箱的把柄。

　　那只书箱不大，却伴随了我整整 7 年的打拼时光。箱子里面存放的多是我用过的中小学课本和一些参考书，还有小时候外公、姨妈、姑姑等亲戚们的来信。家中与亲友们的来往信件都由我包揽，书箱也就成了百宝箱。

　　往事不堪回首，屈指算来离开老家已近 30 年。期间曾多次回去探望父母亲朋，可每次不是时间过于仓促，就是难得一聚喝得酩酊大醉，书箱的事儿忘得一干二净。去年夏天，我休假在老家待的时间长一些，在帮助父母整理家里的老物件时，意外地发现了那只已经破旧的书箱。庆幸的是，这么多年虽搬过几次家，但细心的父母还是替我小心保管着它。母亲生怕我埋怨，告诉我："孩子，这么多年了，里面的一些书已经发霉腐烂了，实在没法才扔掉。"话语间带着歉意，看着母亲无辜的神态，心中蓦然生起一股不可名状的酸楚……我打开书箱，小心翼翼翻看着，竟然翻到了一本《林海雪原》，顿时儿时偷读小说的场景浮现在眼前，记得这是我儿时读过的第一本小说，还是在被窝里打着手电筒看完的。

　　那时，母亲怕影响我学习，盯得很紧，课余时间除完成作业和帮助家里做些农活外，绝对不允许看其他课外书籍。一晃已经过去了这么多年，已记不清这本书是向谁借的了。

　　接着又翻出一本《初等数论》，这是陈景润写的一本科普性读物。是我用积攒的零花钱买的第一本书，是本很便宜的小册子。看到它，我又仿佛看到了儿时的稚嫩和不自量力的劲头。依稀记得当时买这本书的起因，是当时农村仅有的"媒体"——有线广播里经常播放的华罗庚、陈景润、杨乐、张广厚等科学家的事迹……

1980 年 8 月，期待许久，决定人生转折的录取通知书到了，我要到离家几百公里以外的省城读书去了。可录取通知书中明确告知不允许带任何箱子，从小言听计从的我，不情愿地把书箱放在家里。到学校报到后才发现，只有我自己没有带书箱，无奈我只好找来一只纸箱子存放书本。毕业前夕，"颇有心计"的我与学校木工房的师傅交上了朋友，求他帮我做了一只与家里的那只相仿的书箱，于是我拥有了第二只书箱。

这只书箱装载着我几年来学习专业课本、笔记，也寄存着我即将步入社会对美好未来的憧憬。带着它，我来到了离家千里之外的人生第一个工作岗位。

现实是残酷的，新的工作环境相当艰苦。面对人生新的起点，我开始变得有些忐忑不安，尽管书籍里装满了"自信"。于是我发愤努力，在实践中学习，有不懂的问题就向同事及领导请教。到了周末的时候，便一头扎进书店里，除必需的专业书籍外，还买一些符合自己志趣爱好的报刊和杂志，记得那本《演讲与口才》的创刊号杂志就是那时买的。自己的经济独立，买起书来也就更加从容了，书箱中床头上的书也骤然多了起来。

1993 年的时候，我终于分到了属于自己的房子，尽管面积不大。添置了自己心仪的书架，阅读起来方便多了。就这样，书箱也没有舍得丢弃。十几年来积攒下来的书已达上千册，书架装不下的，许多书还是要蛰伏在书箱里。后来我又搬过两次家，房子的面积越来越大，也有了属于自己的书房，但书箱情结一直挥之不去。置办家具的时候又顺便添置了两只樟木箱子，主要保存那些为我在人生不同阶段释疑解惑、指点迷津的书籍，还有记载着我工作、学习和生活历程的几十本笔记。

一个人，在城市里生活久了，就会厌倦喧嚣，渴望一份片刻的宁静；一个人，背着旅行包走累了，就想停下来，欣赏一下沿途的风景；一个人，不断追求梦想，身心疲惫了，就想寻觅一个重新起飞的平台。书箱，便成了我享受宁静，开启梦想的地方。

随着时代的发展，书箱慢慢退出了历史舞台，但在我心里依旧痴心不改书箱情结。每当闲暇的时候，就会把自己锁在静谧的书房里，打开一个个书箱，捧出一本本爱书细细品味，在梦想与现实间徘徊着、穿越着……

原刊载于《中国建筑装饰报》2012年5月31日副刊

伴松而行

　　几年前，我公司施工的中纪委大院绿化项目中，其西北处有一独立小院，小院植被的主题是"岁寒三友"——松、竹、梅，一片翠竹，几株蜡梅，两棵并不高大的油松，错落有致，清雅至极。其寓意与场地契合贴切，千百年来的传统园林文化在此仍有着积极的现实意义。

　　古往今来，"岁寒三友"是文人墨客和士大夫们借以抒发情怀、寄托情思的主题，其中松树更是以其特有的"坚韧、谦卑、傲骨"等高尚品格让多少仁人志士来表达自己。我非文人，亦非志士，但因崇拜仁人志士的高洁而喜爱"岁寒三友"，性起之时也好舞文弄墨，画上几杆翠竹，几朵梅花。但相对翠竹、梅花的喜爱，我还是偏爱松树。因为从孩提时代起，我就熟悉松树，特别是家乡的那片油松林。

　　曾记得那片松林一望无际。进入秋冬，只要没有雪，小伙伴们就去敲打树干，抖落下无数松塔，捡回家剥去果鳞后，就是坚硬而美味的松籽，欣喜之情溢于言表。但印象最深的莫过于大雪之后，压在绿色针叶上的皑皑白雪，白绿相间，厚重而层次分明。

　　每当冷风吹过，斑驳的主干纹丝不动，显得那样刚健有为。尽管有时枝杈微微颤抖，但也只有很少的雪被抖落。松林更美的景色是冬去春来的正午时分，冰雪消融，翠绿的松针悄然露出，针叶上堆积的雪开始融化，傍晚就结成了丝丝冰挂。不出几天雪不见时，白色便逝去，显现出一片生机勃勃的绿色海洋，一棵棵碧绿滴翠，千姿百态，洁净而高雅，正所谓"欲知松高洁，待到雪化时"。

　　清人陆惠心有诗云："风吹雨打永无凋，雪压霜欺不折腰。拔地苍龙诚大器，路人敢笑未凌霄？" 20世纪80年代初，神州大地春意盎然，我也走出了乡村，成为莘莘学子中的一员，求学若渴的我像吮吸着大地的养分破土而出的小松苗，渴望知识的阳光和雨露普照滋润。更崇尚松的品格，希望自己能凌风傲雪、不畏严寒酷暑。励志成长为刚健有为、自强不息苍松般的人才。

时光荏苒，走上工作岗位已近三十年，游览过很多名山大川、文化古迹。从冰天雪地的北方到酷暑难耐的南国，欣赏过黄山迎客松的秀美婀娜；也观赏过华山松的凌风傲雪。神州大地几乎有山就有松，而且品种丰富，达二十多种，油松、雪松、白皮松、红松、樟子松、落叶松、马尾松等等，或蟠虬古拙、或斑驳古朴、或挺拔参天。松是国人长寿、幸福和吉祥的象征，其文化更是深厚历史文化积淀的象征。

　　我爱松，爱她"皮粗如龙鳞，叶针如马鬃，遇霜雪而不凋，历千年而不殒"（自《花镜》）；爱她的高洁、雄伟、挺拔、常青；更爱她的枝繁叶茂、老枝不凋、新枝茁壮。松的高尚品格将永远激励我前行，伴随我成长，一直到老！

原刊载于《中国建筑报》2012年11月26日文化专栏
《中国建筑装饰报 》2012年11月30日副刊

《初拟玄宰遥岑泼墨图》 孙满成 画

我与中建共成长

　　1983 年 7 月，年仅 20 岁的我，怀着干一番事业、闯一片天地的梦想，带着父母长辈的嘱托、老师的期望和同学们的祝福踏上奔驰的列车，从美丽的北国江城哈尔滨奔赴地震疮痍尚存，但已是塔吊林立、热火朝天的"大工地"——唐山市。

　　时逢改革开放初期，举国上下都呈现出勃勃生机。由于历史的原因，造成了当时人力资源枯竭断档，因此专业技术人才的开发与使用也空前地被重视。我们这些刚出校门的青年学生也真正切身体会到自己是时代的幸运儿，在这样的背景下，我走上了人生的第一个工作岗位中建二局四公司水电队，担任一名电气工长。

　　如果说是改革开放举国上下齐奋进的大好形势，使我们成为了时代的宠儿，那么切合实际及时出台的有关政策，更是使

作者青年时期工作留影

青年学生大胆实践、尽快成才的重要保证。犹记当年，中建总公司最高决策层审时度势，顺应历史潮流，及时制定和出台了重点培养使用 80 年代大中专毕业生的重要措施，为广大青年学生搭建了一展身手、大胆尝试的舞台，极大地激发了我们的工作热情。

当时办公环境与生活条件异常艰苦，生活上住着四面透风、冬冷夏热、满屋老鼠乱窜的简易板房，工作中用着从"大三线"运回的五六十年代使用过的，稍一用力就有可能垮掉的办公桌椅，交通工具是一辆只有铃不响的破旧自行车，风里来雨里去，穿梭在工地、业主、设计院之间，不时还参加体力劳动。尽管如此，我感觉工作和生活非常充实，当时的基层业务人员极少，案头文字、业务资料等工作样样亲力亲为。画图纸、写技术安全交底、 编施工方案、做材料计划、绘画竣工图、填写竣工验收证明等等，占据了我大部分的业余时间，各项工作完成的也算有模有样，有板有眼，很快就得到了工人师傅和领导同事的认可。对于我来说更幸运的，是有几位扶持、关心、指导我的老前辈，他们有的是转业军官，有的是60年代大学毕业的老知识分子，更有一批对青年学生大力支持的工人师傅。他们在业务上的悉心指导、生活上的关怀体贴使我终生难以忘怀。

通过自己不懈努力以及领导的信任与赏识，我进步很快，毕业两年后，我就光荣地加入中国共产党，成为公司党员队伍中的青年代表。1987年，也就是毕业的第四个年头，被委以担任独立在外施工的北京焦化厂自备电厂工地的施工队长。我带领队伍在稻田地搭起活动板房、地上铺上油毡，历经两个寒暑交替，圆满地完成了施工任务。这两年的工作经历，使我从专业管理向综合管理迈出了关键性的一步。

岁月流逝，时光进入了1990年，初具规模的新唐山赢得了全国第二届城市运动会的举办权，石油宾馆作为运动会媒体报道的记者驻地，因该项目工期太紧、施工难度大被当地一家知名建筑企业退回，市领导及建设主管部门想到了中建二局，于是这项任务就落到了四公司。当时公司领导的决心很大，但大部分人认为风险较大，不愿涉足，也正在这时，"苦命"的我又临危受命，被派到这个工地担任水电施工队长。

工地离家不到 5 公里，因工期紧、任务重，我与项目班子成员长期吃住在工地，不到一年我们提前完成了任务，比正常工期提前一年完工。这期间只抽空看几次刚满周岁的女儿，每每想到这些心中也很酸楚。还记得，在市政府外事部门工作的一位老大哥朋友到工地找我，看到栖身的破工棚，看到满身灰土、一脸疲惫的我，很不理解地问我："老弟，这么拼命，又这么'泥腿'（唐山话执着的意思），为啥呢？"我不假思索地回答："养家糊口，领导信任呗！"是啊，现在想起来，这话既实在又无奈，苦中作乐，但更体现了我执着的一面。

正所谓"功夫不负有心人，一分耕耘一分收获"，付出终会有回报，荣誉接踵而来，我荣获了"全国第二届城市运动会建设工程先进生产者"，公司"优秀青年知识分子""优秀管理者"等称号，同年又被评为局级"优秀共产党员"，在庆功会上，年仅 27 岁的我又履新职，被提拔为工程处副主任。

此时，朋友的理解、家人的期盼，似乎可以得到释然。但是，

孙满成 书

还来不及坐到新办公室，我又把行李搬到了几十公里外的新工地，这是中建系统承接的全国试点小区之一。任务重大、标准高、工期紧，就这样又是一年的紧张施工。我由衷佩服当时的公司决策层，大胆启用年轻人。在项目即将竣工的 1992 年 7 月刚满 28 岁的我又被委以主持工程处全面工作的重任，在这个岗位上，我一干就是三年。

我是幸运的，也可谓"顺风顺水"，一步一个台阶，仅用了短短的 12 年，完成由工长、施工队长、工程处副主任、主任（分公司经理）四个关键岗位的磨练，完成工业建筑、公用建筑、民用建筑等项目施工过程的闭合"交圈"。正是这种经历，为我以后各个岗位的工作奠定了坚实的基础；正是这些经历，使我知道了"企业兴旺、我富我荣，企业衰败，我贫我耻"的关系；正是这些使我领悟了什么是团队精神，如何实现自我存在价值等观念。

正所谓"天时、地利、人和"，赶上改革开放的好时候，来到了中建，融入了中建这个群体，尽管前进的道路上有很多无奈和迷惘，没有理由放弃。

1995年末，我又履新职，担任中建二局四公司副总经理，负责市场营销和经济管理工作。对于一个包袱沉重、观念相对落后的企业来说，这是一项挑战性很高的岗位，在这个岗位上我干了6年，虽然没有惊天动地的业绩，但也运作了像唐山信息港那样当年资金好、体量大、影响大的项目，为公司的生存发展做出了应有的贡献。

进入新世纪，2001年7月13日，我成功地为公司又拿下一项工程，所以记忆犹新，因为这一天是申奥成功的当天，这项工程的承接为我在中建二局四公司工作的18年划上了圆满的句号。一个月后，我被调到中建二局总承包公司担任副总，后来进入局总部市场部。

2005年初，我又来到中外园林，还是没有离开中建。回首来到中建的满满 25 年，当年满头青丝、朝气蓬勃的青年学生伴着中建的成立、成长、成熟、上市，也已满头花发、青春不在，已逾不惑之年。

近代著名学者王国维用三位宋人的诗句概括人生的三个阶段，即第一阶段的"昨夜西风凋碧树，独上西楼，望尽天涯路"；第二阶段的"衣带渐宽终不悔，为伊消得人憔悴"；第三阶段的"众里寻她千度，暮然回首，那人却在灯火阑珊处"。概而言之，即：迷惘、执着、返朴归真。

小结我 25 年的工作经历，面对恶劣的生活条件、沉重的工作压力，不同时期面对"精彩纷繁"的诱人的外部世界，和大多数人一样，我也曾动摇徘徊、迷惘，也想过诱人的丰厚待遇，但每每想起这 25 年来的付出与所得，自己亦心安理得，是难以割舍对中建的依赖，毅然选择了"为伊消得人憔悴"，选择执着地与中建同呼吸、共命运。

原刊载于《中国建筑报》2008 年 6 月 22 日文化专栏

曾三颜四 禹寸陶分

——寄语 2013 年毕业即将入职的青年员工们

每年的 7 月份是毕业生入职的时期，他们风华正茂、兴高采烈、踌躇满志，即将开始他们新的人生里程；每年的这个时候，我也会不自觉地想起当年毕业入职的情景，也是朝气蓬勃、满腔热血、昂首挺胸，高傲地走上人生的第一个工作岗位。

时光荏苒，岁月如梭。30 多年过去了，已逾知天命之年的我，每每触摸日渐斑白的华发，不免感慨万千。辛酸、喜悦、收获、遗憾伴随着我成长，这些见证了家庭的建设、企业的壮大、国家的富强……但最令我痛心疾首而刻骨铭心的还是那些不曾珍惜的大好时光，还有 30 年来对事业、生活的不经意间的懈怠和成长过程中自身修为的间歇、苟且与敷衍等。

自责和惋惜常常袭扰着我，然而，痛定思痛，让我幡然醒悟而深刻铭记的是清代文人郑板桥用六分半书写的，挂在苏州网师园濯缨水阁的一副对联："曾三颜四，禹寸陶分"，仅仅八个字高度概括了四位先哲对后人修为与惜时的警示。

"曾三"源出《论语·学而》，孔子的弟子曾参说："吾日三省吾身"，即："为人谋而不忠乎？与朋友交而不信乎？传不习乎？"提示我们珍重个人品德修养的美德。"颜四"源出《论语·颜渊》，孔子的贤德弟子颜渊的"四勿"，即："非礼勿视，非礼勿听，非礼勿言，非礼勿动"，提示我们视听言动四个方面要遵守道德规范。

"禹寸"，典出《淮南子·原道训》："故圣人不贵尺璧，而重寸之阴，时难得而易夫也。"这里的圣人即大禹，他认为一寸光阴比直径一尺的玉璧还贵，而倍加珍惜每一寸光阴。

"陶分"出于《晋书·陶侃传》，陶侃曰："大禹，圣者，乃惜寸阴，至於众人，当惜分阴，岂可逸游荒醉，生无益於时，死无闻於后，是自弃也。"

认真咀嚼这8个字，思考其深刻的内涵，当下对吾辈也好，对初出茅庐的新员工也好，仍然具有其伟大的现实主义，将先哲们的谦逊态度和务实精神与现实社会的浮躁、虚空现象对比，你会明显体悟今人与古人思想境界和道德情操的异同，更会珍惜当下这来之不易的和谐环境和所拥有的大好时光。

曾几何时"十年寒窗无人问，一举成名天下知"，经过10多年的寒窗苦读，今天的青年与时俱进，相比过去任何一个时期的所学更专、所思更广、所想更高；然而所为如何，还有待于步入社会后的实践和再学习，是否真正领会并反思先哲们在修为方面的警示，尽而继承和发扬先辈们的所学更精、所思更深、所想更实，也将有待于进一步地结合。坚持"曾三"之"吾日三省吾身"， 坚持"颜四"之"四勿"。将"三省"和"四勿"与所在工作岗位和现实生活中的诚信精神和法律制度、道德规范等结合起来，举一反三，赋予其新的内涵，发挥其现实作用，在工作生活中不断为国家、企业和家庭建设做出贡献。

再说到"惜时"的"禹寸陶分"仍在当下生活中发挥着积极的现实作用。诚然，今人无法与大禹治水的作为和晋人陶侃的学识相提并论，但是，国家、社会、家庭的生存发展和奋斗目标的实现，要求今人当努力修为，不懈努力。青年人的修为及思想预示未来，更肩负着社会进步、国家富强的重任，更没有懈怠的理由，"惜时"是责无旁贷。

在当下飞速发展的社会环境中将在学校里和步入工作岗位

后的"所学、所思、所想"高效地结合起来，理论联系实际，大胆探索不断学习和实践。尽而充分发挥自己的聪明才智，才不愧于先哲们千百年来的警示提醒，前辈和师长们的期望和寄托，为企业做出应有的贡献，以促进社会的发展，实现中华民族的伟大复兴！

原刊载于《中国建筑报》2013 年 7 月 22 日文化专栏

感恩 2012

2012 年的 365 个日日夜夜悄然逝去了。这是我人生中的第 49 个年头。它像空气中的微尘一样不知不觉间悄然飞走了。对我来说，这一年过得非常得意，也因此而感恩铭记这一年。

古往今来，人们往往在得意时自觉或不自觉地忘形，对其记忆也远不如失意时那样刻骨铭心。不是吗？多少文人政客不是带着失意，或被流放、或颓势隐逸，然后慷慨以其悲壮诗文，而流传千古。屈原的《离骚》亦好，刘禹锡的《陋室铭》也罢，颜真卿的《祭侄文稿》，还有苏轼的《寒食帖》等等。不都是由得意转为失意、失宠，甚至被数次贬谪所留下的充满无奈与悲伤的辞赋、文章或奋笔疾书的墨稿。每每咀嚼，苦涩与悲切之情油然而生，人们所感知的也多是警示与提醒，唯恐重蹈覆辙。

"忘记过去就意味着背叛"，任何悲伤的记忆都会使人刻骨铭心，以致于久久难以释怀。但在继承这些先贤所遗存之瑰宝的同时，我们也必须深刻分析先贤们所处的时代背景和其中深邃的思想内涵，更包含他们曾经所获得的喜悦与幸福，不能忘却时代所给予的惠顾。人们大脑中因此也充斥着不同形式的得意，这是赋予后人奋进向上不可或缺的动力源泉，所以人们更应该记忆与感恩所处时代的馈赠！

把思绪拉回到当下，游历、感知了近五十载人生的我，感受到了前人不可想象的幸福，也深感得意。尤其是 2012 年，对我来说是充满喜悦、充满收获的一年，是几十年来难得的物质、精神双丰收的一年，近乎于没有任何遗憾，着实令人为之雀跃、为之兴奋。

感恩的情怀与良知提醒我不能因此而得意忘形，索性把这一年的收获、喜悦记录下来。唯恐有负于厚爱、他甚至偏爱我的上苍！有负于支持帮助和关怀我的恩人、亲人、朋友们！

时光如白驹过隙，恍然间我自弱冠步入职场，到 2012 年已有 29 年。当年的青涩已荡然无存；沧桑爬上脸颊，但多了坦然、从容与淡定。然而，职场中，总会有些无奈，促使你在犹豫徘徊中做出选择与决断。

　　唐代李商隐有《登乐游原》："向晚意不适，驱车登古原。夕阳无限好，只是近黄昏"。当下日新月异的市场环境，日久积弱的企业管理现状，与自己的期望渐显迥然。这导致我多有不适与无奈，真正感受到年届知天命，已力不从心了。于是，决定知难而退，主动出击争取转岗，有挚友支持帮助，又征得上级理解，经研究批准，如愿从主要业务岗位上退了下来，这使我如释重负。此乃 2012 年度我的第一得意也。

　　任何得意都会有一定程度的失意附加。转岗后，因只有业务领导可以配专门公务用车，我用了多年的公务配车被取消了。尽管有些难舍，但内心里竟也没有因此产生一丝不悦，欣然表态服从规定，一个月后保证交车。

　　依稀记得那是 2011 年最后一天下班回到家里向妻子讲起此事，并阐述了自己对待此事的想法：自参加工作至今的 29 年里，享用专门配车竟达十余年，应该知足了。便宜是不可享用尽的，况且，我们也该有自己的私家车了。也许对待此事，不同人有不同的理解，但对我来说自己的这番说明是发自内心的。于是，我们决定参加摇号购车。

　　当晚妻子即登录网上参加摇号，翌日，即 2012 年元月 1 日，周日，我也登录网上申请摇号。然后又向朋友暂时借车，得到朋友允诺，至此，了却了马上无车之用的顾虑。因 2012 年 2 月 3 日是春节，而 2012 年第一期小客车摇号时间调整到 1 月 20 日。

1 月 20 日，周四，大寒，清晨，五年来一如既往，驾车载着妻子行驶在往返近七十公里的上班路上，快到妻子单位时，她自言自语道："今天是小汽车摇号时间。"我说："是嘛！觉得今天我能摇到。"妻子应声道："我想我也会摇到。"

这一天单位工作很忙，因刚刚履新，我与同事们忙碌着单位春节前的活动准备，又组织着迎接下午单位承接赤道几内亚项目的谈判团队凯旋。

时至中午，妻子打来电话，询问我的小客车摇号结果，我方上网查询，结果显示"中签"。"幸福来得太突然"，我竟将信将疑，找来办公室主任帮忙核实。他诧异道："申请才 20 天，这么低的概率，（当时只有 2%）这也太幸运了！太神奇了！"至此，经过春节假期，于 2 月 10 日如愿开上属于自己的私家车。这自然成为两个月以来又一得意也，在我身上又一次应验了"好心态，自然会带来好的运气"的悖论。

生活就是这样，一个问题解决以后新的问题就接踵而至，当我们夫妻俩享受开上自家车的喜悦与自豪时，所需95标号汽油涨幅很大，用车成本自然增加许多。有限的车补为何不用来就近租房呢？于是，又果断决定在妻子单位附近租了房子，这样避免了每天起早贪晚上下班开车通勤所带来的疲劳，又可以降低用车成本。就此将原来上下班的3个多小时时间用来休息。

　　说来亦巧，就在租房不久的5月3日（周四）晚饭后，携妻子散步，自右安门向西，右转穿过菜户营桥，经过大观园西门到南菜园。紧邻建功南里小区东门外，有一家名为"恒大地产"中介门面。我们在有意无意间溜了进去，亦自然被热情的中介人员所说服："租房不如买房，当下时机不错"，便不自觉地跟着中介人的脚步看了建功南里小区的一套两居室和另外一处房子，也说不上看中与否，就随意留下了联系方式，回去休息了。说到此，我必须由衷钦佩中介人员的敬业精神，第二天又联系我们，相约下班去看另外的房源。看来看去，经过比较妻子还是觉得我们前一天看的房子要好些。看到妻子的买房兴趣高涨，我便提醒：先别急，看看价格是否可以商量，再行决定亦不迟。天随人愿，因卖主出售心切，经过商谈，迅速达成交易，正式签约，交了订金。

　　在回家路上，夫妻俩兴致勃勃，感慨着因所谓"刚需"而做的如此重大的决定是何等的风轻云淡，竟与去菜市场买颗白菜不无两样。5月17日银行贷款获批，5月24日正式履行交易手续，下午下班时分完成《房屋产权证》过户。说来亦巧，也是20天时间，便购置了又一处房产，尽管面积稍小点，确也心仪。

自5月25日便去四川出差达半月之久，而此时的北京地区房地产交易市场又开始新一轮活跃，房价一路飙升。在感慨因自己抓住了时机而窃喜的同时，我更感恩上苍所给予的又一次惠顾。否则仅凭自己有限的积蓄和并不高的工薪，如果错此良机，就只能望洋兴叹了。这是我半年以来的第三次得意也。

对上苍如此丰厚的馈赠，我心存无限感激。也许就因此之感恩心态，年终的公司、集团年会上，我又分别中了二等奖。2012年12月25日公司的跨年晚会精彩纷呈，给包括作为嘉宾的上级领导在内的每位参会者留下深刻的印象。然而，给予我的是一种不同于他人的庆幸，竟然是分管我的上级领导抽奖而抽中的竟然是我，惊人的巧合，以致有人怀疑是否有作弊。虽然二等奖的奖品不甚贵重，但我很珍惜这次幸运。正所谓：好事成双，不到一个月的2013年元月31日，本人参加了上级集团举办的跨年新春团拜会，幸运之神再次光临到我的头上，又被集团领导抽中了二等奖。更令人惊奇的是，这位领导竟然在半年后成了我被提职而调新单位的顶头上司。两次中奖如此巧合，冥冥之中，如此不可理解，只能认为这是天注定矣！

身后的喧嚣声此起彼伏，吵吵闹闹又是一年的光景。咀嚼这一年的辛劳苦乐，所有过往都感谢岁月带来的每一丝幸福，无不珍惜这珍贵的人世间带给我的每一丝喜悦。合掌于眉心，我深深感念：要常怀感恩的心，感谢赋予我2012年喜悦与收获的上苍！所有给予我支持、帮助和关怀的领导、朋友和亲人！更感谢在我近30年职业生涯中一路走来曾经帮助过我的所有领导、朋友和亲人！

人生得意不张狂，失意之时不迷茫。我想说：我是常怀感恩之心之人！也始终自信，路在脚下，别人能做到的，我一定也能做到。也只有这样才能活出生命的意义，才能焕发出生命的光彩！以此证明我没有辜负你们的厚爱；以此证明我懂得感恩！也会去感恩！

老夫喜作黄昏颂，满目青山夕照明，感谢2012！感恩2012！

记于 2013 年 2 月 4 日立春

修改于 2020 年 8 月 7 日立秋

丁香花

5月里的一天，我们来到京西北的温泉镇某园林项目参加劳动。闲暇歇息时，印象最深的当属欣赏那枝繁叶茂的丁香了，枝上那淡淡的白色、粉色的花，姿容媚秀、花繁香浓。让我想起清人杨懿年的《丁香》诗云："红蕊珠攒晓露团，朱霞白雪簇雕鞍。落英扫尽游人去，执帚廊僧信是闲"，形象地描述了法源寺丁香盛开的美丽情状。

虽然这属于丁香的季节就要过去，但从这屡屡浓郁的香气中，仍会感受到丁香花的倔强，淡然而沉静，低调而有序。微微颔首间，吸引着我的目光，让我驻足、欣赏。那么美妙，甚至产生一种冲动，可否与之相融，体验那份花魂灵性中的相亲相爱……

一年又一年，花开花落，我很少出游，自然也错过很多靓丽的风景，这次庆幸与丁香花期的际遇。许是一种冥冥之中的缘分吧，深嗅着花香的芬芳，思维定格，隐含着某种淡淡的渴望，祈盼时光滞留，观赏着将要飘落的片片花瓣，但眼前却静静地闪出一种浅浅的哀伤。

我仿佛看到了生命里最美丽的瞬间，竟也在那种化为春泥的悲壮里变成一次短短的大自然使命，我不能打破这种意境一样的心怀柔软。又让人想起晚唐诗人李商隐的一首名为《代赠》诗歌中所表达出来的"愁怨"之情，"楼上黄昏欲望休，玉梯横绝月如钩，芭蕉不展丁香结，同向春风各自愁"。

欣赏之余，不经意间，突然对这片片的丁香花瓣又产生出了某种仰慕，好像那豆蔻年华里心底充满骄傲与窃喜的美少女，招人嫉妒。花瓣飘落在手心里的那一刻，我很惬意，聆听着某种感应。如少女般一个个微微的笑靥，在与丁香媲美。好在生命长春，心态才是一朵永不凋零的花呀！

微风掠过，带来久违的一份感动，转眼间，丁香花与大多数鲜花一样落尽，果实将代替逝去的花朵挂满枝头。春华秋实，宿命轮回，次次敲着警钟，美好精彩终将无奈逝去。新生却伴随着惆怅，慢慢缔结。凡此种种，都是生命不可更迭的另一种悲壮。曾经满目繁花的丁香，悄声无息地绽放，又在微风中渐渐散漫，心亦悠远。

原刊载于《中国建筑报》2012年10月22日文化专栏
《中国建筑装饰报　》2013年5月31日副刊

青涩短语

　　我的学识浅薄自不必说，更无资格奢谈诗词创作，惟名之以"短语"叙事记情，此乃实属偷懒避之以文辞不精，逃之以深思动脑之举。所言人之"青涩"，即人之涉世未深之表现也。

　　步入职场之初，我对工作环境多有不适，犹以人文环境不适凸显，遂显年少轻狂愤青之态，时有不合时宜之笔录，今日阅知觉稚态尽显。

　　人之成长历程，迷茫常伴左右，我也自不例外，亦有迷茫徘徊，"短语"以记之。

　　于职场几十年东奔西跑之羁旅生涯，不辞辛苦中不乏附

玖迷图

采勒利乡晓
鸣燕筠树山
崖月连帆头
百梢公晓疏画
思一爪粗绕绦
外远
庚辰雨月分
满钻装
满成写

庸风雅之情愫，我亦偶发呓语短句抒发之。

　　年届不惑，躁动渐失，表现以倚枕思忖，反思过往，觅寻人生之所以然；每每录之以体会，或施之以书画之趣，拙画一幅便以景寄情，落笔短语以记之。

　　此次辑录鄙人之入世之不适愤青、迷茫徘徊、春风得意，反思过往诸阶段之短语表述，实乃入世之心路历程记录矣！虽文采拙拙，然为真实心境示表也！

亦曾愤青（三首）

岁在乙丑（1985年），我刚年届廿二，入职两载，不适工作之境遇，常梦思故里之北大荒（即三江平原）。适逢9月16日，工作闲歇，凝视分置于唐山电厂南门两侧之盆栽松柏，情不自禁，遂有感而发，逞狂傲青涩之"诳语"。

秋　赋

秋尽霜至根须殇，菊凋花谢叶呈黄；

枯死怜草叹命短，傲柏盛活绿悠长。

气死雄才笑煞鬼，急晕怜子哭忧娘；

怎耐关外常青树，误移燕赵斗地方。

佳松思乡欲不死，恶流厌动心更强；

渴望挺拔于故里，更争扎根在三江。

祈天吼吓迫青宦，赐其自毙归天枪；

几载抑郁终舒放，栋梁方允可充当。

习榜骄松意不改，酷暑严寒志久长；

不负故土迎子望，凯旋挺胸好儿郎。

（观盆栽松柏逢深秋移至唐山感此）

乙丑年九月十六日子夜

　　1986 年 11 月 16 日，周日。我自天津塘沽同窗杨金华处，乘火车返唐山。车窗外，华北之初冬景象随飞驰列车一幅幅掠过。托腮沉思，脑际中不时涌出北宋文豪苏轼诗之《冬景》。感年轻于桎梏不适之境遇，溢无奈之情愫，遂成两首。

挣　扎

缅东坡赐赠真语，

想现实有负苏轼。

无恒心自毁青春，

有勇气难脱桎梏。

自由之鸟蓝天翔，

笼中雀受人观享。

自卑、自负集于一体，

自信、开拓却难成功。

问何人

列车在田野上弛飞，

心在沧桑世上颠沛。

人啊！万物之灵长，

你为何常常自寻烦恼，

颓废地思考？

有苍穹做证，

任凭大地睹闻。

五尺身躯任人宰割，

血肉之体凭他人蚕食。

这残忍的事实，该向何人诉说？

坎坷之人生难道就没有一席平坦之地？

1986 年 11 月 16 日于 327 次列车返唐途中

亦曾迷茫（三篇）

　　20 世纪末之十年间，乃我少年得志之期，然虑之以远，渐显迷茫，遂感之所处环境不尽适应，辑选三首当年记录之短语如下：

迷茫

京唐几春秋，

劳碌方知愁。

忧虑未何常袭扰，

功名未就，

姻成女坠，

耀祖光宗己任，

觅经寻途迷茫。

1993 年元月 30 日

梦游陡河

扬帆陡河又中秋　，

细雨微波人忧愁，

借问金风何所故，

无言以对看船头。

1993 年 9 月 3 日

无题

霜雪虬枝梅亦芳，

二月春风夜还凉，

天南海北频奔走，

踉踉跄跄为何方。

1998 年 12 月 8 日

天行健君子以自强不息 地势坤君子以

厚德载物

乙亥正月廿三满成篆

天行健以自强不息地势坤以厚德载物

孙满成 书

切记，别惯着自己

人在成长的过程中，往往在不经意间养成诸多习惯。这些习惯或正向激励着或负向影响着人的成长，使人在很多时候不自觉、下意识、或所谓凭"感性"地生活，其结果也自然有"得意与收获"，有"失意与损失"。因此，我们必须及时检索自身的行为，避免"坏习惯"的发生；亦避免"好习惯"受到干扰！切记！别惯着自己！

杰克霍吉在《习惯的力量》中认为："所有的习惯（个人的、组织的和社会的）都会对（个人、组织和社会）带来重大影响。习惯对我们生活的影响远远超过我们的认识。"

"习惯"有些时候存在延时性和一定的隐蔽性，这需要自觉体察，时刻警醒自己，理性地总结、分析与思考，加以选择与修正，不能放任自流。

这里要弄清楚什么是习惯，习惯基本意思解释为积久养成的生活方式，引证解释为亦作"习贯"，原为习于旧贯。后指逐渐养成而不易改变的行为。其中《大戴礼记.保傅》："少成若性，习贯之为常"。汉代应劭《风俗通序》："俗间行语，众所共传，积非习贯，莫能厚察"。

杰克霍吉在《习惯的力量》一书中又提到："思想决定行为，行为决定习惯，习惯决定性格，性格决定命运。"习惯是一个思想与行为的真正领导者。习惯让我们减少思考的时间，简化了行动的步骤，让我们更有效率。但也会使我的思维封闭、保守，自以为是，墨守成规。在我们身上，好习惯与坏习惯并存，而获得成功的可能性取决于好习惯的多少。人生仿佛就是一场好习惯与坏习惯的拉锯战。

毋庸置疑，每个人都会有很多习惯，其种类与程度各有不同。在人生历程中，习惯非常重要 。自然对"好习惯"当倡以坚守与发扬，对"坏习惯"要尽力摒弃。

那么，如何甄别"好习惯"与"坏习惯"呢？ 就个体而言，习惯好坏与否，往往以是否有利于身心健康的标准来判定。生活中随处可见，贪图享受于优越的物质生活方式，如：公认的吸烟即是百害无一利之"坏习惯"；饮酒当倡导以"小酌怡情"

形成"好习惯"，避之以"大酌伤身"，甚至酗酒之"坏习惯"；行之豪车，入则雅座，无暇锻炼，久而久之于不知不觉中伤了身体就变成了"坏习惯"。再如：盲目定位自负于所谓"高调""高端""高品质"，或一味低调自卑于"卑躬屈膝""唯唯诺诺"。还有不学习、不思考、以固化甚至偏执待人、待物，进而养成的不良习惯等等也都是"坏习惯"。当下人们不自觉或下意识的"坏习惯"种类繁多，不胜枚举。"坏习惯"对人的诱惑往往较易、较快、较大，使人膨胀，表现为沾沾自喜，得意忘形，结果追悔莫及。

"坏习惯"形成的原因很多，但多数是放任自流、不自觉进而成为下意识的习以为常。

以小小的不良习惯而养成"坏习惯"进而铸成大错之事例不胜枚举，对于"坏习惯"，当将其扼杀在萌芽之中，这样所耗费成本最低。如不能及时体察发现，就不能及时补救、修正，便不自觉地滋长"坏习惯"的形成与蔓延。所以说对人之个体而言，不论诱惑多大，皆不可有惰性，必须自觉体察、不断修正，切不可有惰性——"别惯着自己"。

当下，随着科学进步的日新月异，新生事物层出不穷，社会文明程度愈加提升，对于"修为存养"要求标准更加提高。

坚持养成与发扬"好习惯",在人们"修为存养"过程中很重要。它需要人的自觉刻苦并反复演练,甚至不懈努力,所以说"好习惯"的养成不容易。但就其人生之长远发展来说,"好习惯"久而弥坚,会使人受益终身。

大千世界,芸芸众生,就人之社会特性而言,人们所秉持的道德标准及其程度,依生活环境、种族群体、地域乃至国度不同而呈现差异化。作为炎黄子孙理所应当以批判与继承中华民族传统道德标准为基础,进而与时代相适应并有所完善发展的道德标准为基准,来鉴定习惯之好与坏。

"德"本意为顺应自然、社会和人类客观需要去做事,不违背自然规律去发展社会,提升自己;有而"道"是承载一切。"德"是昭示"道"的一切,是"道"的具体实例,是"道"的体现,是我们能看到的心行,是我们通过感知后所进行的行为。所以说人之个体养成的"好习惯",当以符合道德标准来约束自身的思维习惯与行为习惯,否则可能成为"坏习惯"。即:怀"德"一定会养成"好习惯",反之可能形成"坏习惯"。

"人之初,性本善"。任何人都是期之以善终,人生的进程就是行善的之进程,这一进程中,善行必须有好的思维习惯、行为习惯做基础,不断地体察与存养"好习惯"而追求人生的完美。

以"修身、齐家、治国、平天下"为核心的儒家文化充斥着国人的脑海，赋予国人以强身乃至强国之使命。"好习惯"可以促进优质文化氛围的形成，它使人有理想、有抱负而不断奋进，不忘使命，最终取得成功，对社会有所贡献而赢得喝彩！

相对"好习惯"而言，"坏习惯"所形成的劣质文化常常使人迷失方向、忘记使命、丢掉理想，使自己终结于庸庸碌碌如行尸走肉，更有甚者危及于社会成为千古罪人。"坏习惯"常常侵蚀着自身之肌体乃至思想，甚至影响着群体、社会等，进而形成具有鲜明特征的个体劣质文化，危害于群体、社会、民族的文化健康。

个体文化及其文化氛围的优劣又影响甚至决定其个体人生成长的发展走向、进程与质量，所以，习惯乃文化之细胞也。也许如此定义不够准确，但至少可以说习惯与文化的关联至关密切。习惯的培育过程不容小觑！

"好习惯"与"坏习惯"也会转变。马克思主义哲学观认为：宇宙中各个具体事物和每个具体过程都是有条件、有限的、相对的。习惯亦如此，它源于重复与诱导，而诱导在于兴趣。"好习惯"会让人对思维和行为"自动化",不知不觉中就能促使人成功。如果必要条件发生改变,"好习惯"也可能转变为"坏习惯"。

就个人习惯而言,如果让大脑自由的发挥,大脑就会让几乎所有人将惯常行为活动变成习惯,但大脑并不区分"好习惯"与"坏习惯"。任何事物都不是一成不变的,习惯也是如此。依养成习惯的条件与环境变化,"好习惯"与"坏习惯"会出现转化。比如国人钟爱的一种博弈游戏——麻将,适度地娱乐使人愉悦,但如果不加节制甚至纵欲赌博,就转换成"坏习惯"。

比如,很多人都有锻炼身体的好习惯,但是因个体的身体素质不同,其锻炼方式与强度亦不同,应依身体状况的变化而调整。所以"好习惯"应根据基本条件的变化而变化,否则可能转化成"坏习惯"。

"好习惯"依客观环境的变化,有可能转化成"坏习惯"。比如,在雾霾恶劣的气候条件下,不顾自然条件,就有可能让本来锻炼身体的"好习惯"变成"坏习惯"。这里必须强调,人的行为习惯决定于思维习惯,思维习惯是检索、鉴别、修正行为习惯的保证。

就思维习惯与行为习惯而言，思维习惯也存在"好习惯"与"坏习惯"，二者亦有转换现象。思维习惯也称为思维传统，是指人在一定历史条件下在长期的学习、工作和生活实践过程中所形成的相对稳定的，有较大影响的思维模式。其存在一定程度的历史局限性，必须不断与时俱进，整合与保持，否则可能会转化成坏的思维习惯。比如，属于思维习惯范畴的非困惑不提问习惯、大量表达习惯、反思习惯等习惯，如果不及时诊断，好的思维习惯就很有可能转化成坏的思维习惯。

任何一种习惯的养成，都非一朝一夕，形成习惯的原因、背景、和初衷亦不尽相同。但"好习惯"的养成往往是建立在好的环境、背景及初衷的基础上，不断坚持而形成的自觉。把"好习惯"发扬光大，可以受益终生。

单从国之大计教育而言，千百年来，从娃娃抓起的各种蒙学教材不胜枚举，并随时代的进步而不断的继承与发展着。历史证明人的良好成长往往与其家庭、家族良好的家庭学习氛围、文化背景等因素密切相关，更重要的当属好的思维习惯、学习习惯。我们只有不断地学习、思考、体察与校正，方能培养好的习惯而中正行事，进而培养出社会所需之栋梁之材。

以上短短文字，皆为己察体悟之拙言，亦难免有偏颇之处，然以修身涵养为初衷，借此聊以慰藉，以求读者能有一二之启发，警醒体察自身之习惯优劣，进而付之以修正执行！

乙亥六月初五（2019 年 7 月 11 日）

于北京西城阜成门办公室

修改于 2020 年 8 月 8 日

浮生浅识

行篇一二以抒对世间个中事物之浅见拙识；警醒一己慎言慎行之修为，叙以一己兴趣爱好之情缘。我弱冠即登职场，一路风雨，愧受良助颇多，感触与感激亦丰，均当以记叙感恩之。感恩给我诸多教导、指导、帮助之师友。

"华发几盈项上，心思已逾中年；半生懵懵懂懂，还想弄弄清楚"。此乃某夜倚枕之感怀。想如今已逾知天命之年，自冰天雪地的白山黑水之东北边陲小镇而来，半生游历，足遍神州，欣赏山川河流之壮美，品酸甜苦辣之美味，感世态炎凉之冷暖；曾有"春风得意马蹄疾"之兴致，亦曾有"山穷水尽疑无路"之无奈。每每反思品味之，则不由自主，浮想联翩。俗语："人生不满百，常怀千岁忧"，不经意间竟热衷于"人生之所已然"。暂且斗胆不揣浅陋于此抒己之浅识与拙见。

关于"人与世界"

所谓世界观、人生观和价值观乃人生之"三观"也。其中，世界观乃人以所处位置与时间段而观察分析事物，进而对其判断之反应，乃人们对世界之基本看法与观点。以鄙人对其体悟感知：识宇宙浩瀚方知人之渺小，人乃"沧海一粟"，宇宙间之微尘矣。人生短暂，且同自然界中有生命的动植物一样，其活动规律均乃此消彼长、新陈代谢、生生不息、周而复始、亘古不变。

以此感悟警醒人们：人生旅途短暂，无论地位高低与卑贱、贫穷与富有，均无妄自尊崇盲目自大，亦无盲目自轻自贱、自暴自弃之理由，均需珍惜时间，深刻认知客观世界。于相对比较中适时调整人生定位，当以不懈努力平稳其人生之行程，如愿达其人生目标，使人生更有意义，以不枉此生走一遭矣！

关于"文化素养"提升

　　文化思想属意识精神范畴，生活感知与科学发现之世界则属物质存在范畴，二者之间相互促进，同时相互制约，此乃哲学观点也。鄙人以浅显之经历所识：人类之文化认知及素养提升决定着人类社会发展进程。如当今之国力正在赶上或超过当年之列强，国家之格局已从"闭关锁国"之封闭自我，进步至于当下波澜壮阔之"改革开放"，以国富民强而傲视群雄；国人亦从"自卑"到"自豪"；从"卑躬屈膝"到"仰首挺胸"。国人之生活环境不断改善，精神生活亦愈加丰富，素质普遍提高，愚昧渐颓，理性与明智渐成主流。其格局在增大，格调在增高。等等均证明国人之文化素养已得到普遍提升矣！

　　正所谓"意识决定高度"，在科学技术程度发达、自由空间无限拓展的今天，重拾国学，提升国人文化素养之"软实力"，对促进实现文化复兴而言，当属必然之选择，乃"缺啥补啥"

之举。古人云："不谋万世者，不足以谋一时；不谋全局者，不足以谋一域"，可谓格局谋篇之精髓要义，乃认识论之诠释、实践论之依据体现。所以说："文化素养"的提升是思想意识水平提升的决定性要素，更是人类认识高度的保证。

宋人朱熹《论语集注》云："道之显者谓之文"。人生之"道"乃客观规律与原则也，故"研之深，观之远、虑之全"乃"识道"之前提。

文化素养亦表现于百姓生活中，"站之高则观之远"方能不局限亦不斤斤计较于眼前与当下，选择亦多则适宜愈多，定位愈准，效率愈高，也自然不会斤斤计较。正像我们孩提时觉得很远的路，年长时却恍然很近，亦如时下，诸多少年走出家园，背井离乡，偶尔回乡，但心已不驻；那在外曾不断启盼之藤床、草席之茅屋寒舍，山野间世代赖以生长之村庄，亦仅为心中向往落叶归根之栖息地，很少将其作为有所作为之奋斗场。因其经历外面纷繁复杂之大千世界，而不断改造"三观"，即对世界、人生、普世价值之文化认知与幼时之浅识渐显迥异。唯有对家乡那些不忘初衷之情感或留恋。以其不断完善之修为与不断提升之素质，对其包容而聊以慰籍。

综其上述之浅识，鄙人以为：人之"文化素养"之提升过程永无止境。然而其提升过程并非"自虐"之过程，当以享受为要，注以乐趣，渐以自然而然，以此自勉之！

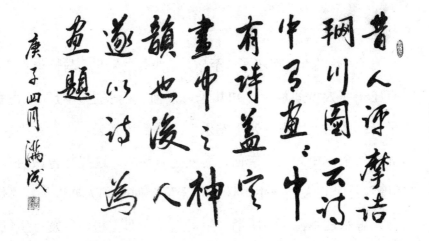

昔人评摩诘辋川图云诗中有画，画中有诗。盖画中之神韵也。后人遂以诗为画题。

庚子四月 满成

孙满成　书

浅识"忧患"

关于"忧患",有庄子《至乐》:"人之生也,与忧俱在";又有庄子《人世间》:"知其无可奈何,而安之若命";也有孟子云:"生于忧患,死于安乐";梁启超亦云:"人之生也,与忧患俱来,知其无可奈何,而安之若命"。这些都告诫后人,"忧患"乃伴其人之一生,且有时无可奈何!鄙人亦以为:"忧患乃人思想之本源"。所谓'生者',亦即生机、生发、生气、生长、生活者也;生于"忧患",亦即忧患之所处,便生机会,便生气韵,促其成长,促其发展。故忧患乃人生之源动力也。但如果人淫于安乐,便渐失生机,失去生之动力也。让我们回观人类本体,生存与发展乃永恒之主题,"忧患"伴其始终,尽管表现形式千差万别,忧患乃人生之源动力也!

人生如跨栏,一路将一个个"忧患"之栏杆努力跨过,生命不息,"跨栏"不止。"忧患"自人之出生至死亡的过程中,依次提升"忧患"栏杆高度，达一定高度后又转而向低调整，至生命消亡而结束。其特征往往表现为欲望越大，追求愈高，责任心越强，则"忧患"程度愈高。人生目标自然亦远大，则需蓄力储能跨过如此高栏；相反，可能为此消沉、颓废，遗憾终生。

关于"科学进步之忧患"

科学探索与科学技术的应用于人类与自然是把"双刃剑"。

科学探索与科学技术乃人类认识世界和改造世界之基本手段，科学进步促其人类社会文明程度之提升。纵观中国社会近百年来之历史，当年之"德先生"与"赛先生"（即"民主"与"科学"）之倡导，已使当今社会呈现出灿烂夺目之魅力与硕果。

现如今人类"九天揽月"已渐成常态，"五洋捉鳖"亦信手拈来。探索层次更高、更深，更宏、更微，拓展于宇宙，微研于基因。有认知即生其改变之可能，仅以"生命基因不可转变"而言，依量变与质变之规律，遂断之以诳语："生命基因之改变将成为可能"。

然而，当下科学进步使人与自然之矛盾加剧明显，虽然科学愈发达人类文明程度愈高，但对自然环境破坏愈严重。建设、破坏、修复、再破坏，往而复始，你方唱罢我登场。如久之以所谓科学手段，纵容其而不加以控制，人类会否自我毁灭？此乃杞人忧天否？

　　人类具有明显之社会性特征，在社会文明之进程迅猛发展之当下，科学进步使人之幸福指数不断攀升，生活水平亦不断提高，遂使人寿命不断延长，然而更消磨着人的意志。

　　亦如当下，一些靠个人英雄主义或偏安一隅、或苟且于象牙塔中孤芳自赏而幻做春秋大梦者渐显迷茫。遁世退养群体愈发年轻化，食衣无忧，养尊处优，歌舞生平，不思进取之现象屡见不鲜。沉迷于享受，乃自我毁灭矣！当棒喝之！有所为，有所不为，张弛有度乃为正路也！

关于"人类'整合'能力之认知"

世间万物均被付予生命，且互为能源，互相整合。自觉也好，被动亦罢，依"整合"而"变"乃其根本。故"整合"乃自然界能动基本特征之一。

然人乃万物之灵长，其自觉、主动整合能力超乎宇间万物，能力展现已冲出地球本体，涉足太空、波及宇宙，发现、探索于循序渐进之中。暗流涌动之能量悄悄然被整合着，人类在突飞猛进中生发着，正所谓："没有做不到的，只有想不到的"。人类之资源整合意识亦呈朝霞初上，生机勃发之态势。

就人之个体本身，整合资源能力的大小，一己之拙见当以智力、智商、智慧、智能等先天之基础与后天之努力强度及其所处环境有直接关系。人之个体依先天后天条件和所处环境不同，整合资源能力迥异不同。

古往今来，多少雄心壮志者，或单枪匹马，或聚之团队、种族与国家，尽显其弱肉强食之本能，智取豪夺于强权厚利，甚至觊觎于国家之霸权、宇宙之霸权。人类无时无刻不彰显着日益膨胀之占有欲念，且愈演愈烈。"人心不只是蛇吞象"，大有"吞天"之势。人之所以有整合资源之欲望，皆因其主观原动力所致。其主观源动力即从原始之生存需求至高级之精神需求，作用于所处时空环境时，其生机、生发、生长、生活、生息便呈现出气象万千、变幻莫测。在整合资源中实现着，或作为资源本身被整合过程中实现着不同时段之自我。

主动者，穷其思索，先谋而后动，勤于奋发，孜孜以求，百折不挠，遵循规律，不断校正，强于主导。其整合占有资源相对较多，实现自我之效率愈高。被动者，或被操控而整合或随波逐流，悄无声息而自生自灭。

人之生存发展动机之诱因，决定着其目标与方向，凡未及目的者，原因诸多。或动机不纯，或好高骛远，或格局不高，或格物不利，或立项不准，或天性不足，或努力不够，导致整合资源能力不强而前功尽弃。

搁笔于 2018 年 10 月 22 日

修改于 2020 年 8 月 8 日

羁旅情愫（七篇）

适逢唐山大地震抗震十周年庆典活动，鄙人有幸被公司推荐参加，受宠若惊，激动之余，遂成此句。

江城子

十年一新唐山慨，路弃窄。

貌容彩，拆棚乔迁，如蜂归巢来。

观变不怕千里远。奔"名瓷"，跑"煤海"。

筑军路路赴"唐寨"。

顾几载，竞比赛。

你追我赶，楼房驱骇。

城美市丽惊全国。响"五洲"，鸣"天外"。

1986 年 7 月 28 日

1992 年 12 月 8 日，我出差于北京南苑，偶遇阔别九年师友陈君，路边倚立攀谈，忆曾经青涩甚笃之情谊，聊当前世事之艰辛，感慨良多，翌日即成此句。

赠昔人

十年弹指而逝，今朝异地相逢。

真言婉语两相知，谁无悔？谁无恨？

君踏业途七载，我入社会九年。

家美业顺双兴旺，谁不喜？谁不悦？

你我而立已至，全新课题又生，

求名图利再择路，君也寻，我也觅。

紧迫初觉于我，竞意已具于君，

为现自我而拼搏，君在奔，我在跑，

同出黑土两人，共赴燕赵京唐。

1992 年 9 月 12 日

壬辰岁末，出差于南国鹏城，与人谈起卅载未见且分置天南地北之挚友，念及曾经甚笃之情，凝成此句，以示纪念。

虹谊

卅载风雨两彩虹，

粤海燕山各不同。

南思北国山涧雾，

北想南粤海苍穹。

品罢荔枝妃子笑，

又嗅槐花香正浓。

几多怡甜逍遥梦，

遍是吉凤与祥龙。

癸巳春月，与友结伴游姑苏之网师园，又于苏苑茶房品茗诉情，惬意之余感慨记之。

苏州春游

癸巳仲春又姑苏，

草绿花繁暖似无；

纵有裘绒恋君意，

春风不容貂与狐；

网师园里寻佳趣；

苏苑茶房诉心路；

终觉相对两昼短；

留与他日再同步。

——有感于 2013 年 3 月 31 日于 G44 列车返京路上

春风过处

一掠虬梅叶呈俏；

再掠桃李杏花凋；

三掠五月花神过；

神州大地披绿袍。

2013 年 3 月 5 日

《世上贤达谦谦君子》　孙满成　画

贤达君子

嗅观香兰儒雅状，

静听高节乃幽篁；

谁说冉冉孤生竹，

香兰常伴翠君旁。

湘兰楚竹生涧谷，

幽香昂首意不俗；

曲径绕溪常寻觅；

从此老夫不江湖。

2014 年 9 月 9 日和兰兄《冉冉孤生竹》

菊花

又是一年九月八，

朵朵绽放暗百花；

几多晚辈尽孝意，

尊称寿客气自华。

瑟瑟秋风又重阳，

姹紫嫣红神日殇；

素衣静面手持君，

泪洒碑前述衷肠。

2015 年 10 月 19 日作

修改于 2018 年 3 月 2 日

偶思（五则）

戊戌深秋，霜降丑时。夜不能寐，荡思半生，感慨如斯。

所以然

华发几盈项上，

心思已愈中年。

半生懵懵懂懂，

还想弄弄清楚。

无为

脱稚就业卅五载，

忙忙碌碌已半生。

敢问人生为哪般，

仰头直面凝苍天。

半生

墨生童幼至弱冠，

东学西渐到燕山。

飞花飘絮随风走，

转眼已成老枯虬。

思考

不思考无以为人，

常思考可为上人，

淫思考恐为废人。

2018 年 10 月 23 日

注："墨"喻其黑土地，指出生于黑土地的黑龙江。燕山：唐山北依之
山脉，指参加工作即在唐山。

《抚董北苑龙宿效民图》 孙满成 画

逾知天命之年，渐入思想出世之域边，常冷眼观世俗，淡漠功名利禄，自诩清高，不自量力。置于闹市之蜗居，亦感之惬意，生脱俗之幻觉，乃一阿Q矣！遂出颓句。

升维

身栖市井锥足地，

心逐白鹿青崖间；

掸衣乜斜尘间事，

清风托尔上云端。

2019 年 3 月 28 日

《山水小品》 孙满成 画

拙图浅语（十三首）

壬辰中秋拙画《茂林溪水图》题诗

古松一棵丛树多，

溪水两条入下河，

梯阶无数向天顶，

松下茅屋可安歇。

壬辰元月拙画山水自题诗

岸边树下乌篷船，

泰然探杆老翁现。

风和日丽无涟漪，

遥听鸟语对面山。

题《笠翁双帆图》

岸边笠翁探杆，

披蓑凝神逍遥；

依依垂柳婀娜，

更有苍松冲霄；

北上双帆远上，

顺风驶过猺口。

峰迷笠翁採桴披裳
凝神道遺依：㞻栢
㜺娜㝵烏蒼松冲霄
忝上雙帆遠上睎風
歐迤猪口滿戍墨題

笠翁雙帆圖

己亥仲秋望日臨戍畫

《蓑翁双帆图》 孙满成 画

239

《叠翠山峦图》 孙满成 画

题《叠翠山峦图》

叠翠山峦树婀娜，

谷中屋后幽篁多，

近瞧户牖家家闭，

遥听远处有铜锣。

为乔迁建功南里蜗居作画并题壬辰十月二日

壬辰临元人画自题

青山绿水数更迭，

见证历代高人歇。

我今描摹春山廓，

意在他年亦爬阶。

微風徐
寂静窗外竹軽揺
院扉業閉無扰
讀書期二通宵

壬辰正月廿二日

滿戌畫並题詩

《雪夜读书图》 孙满成 画

恋秋

金风送凉天渐寒，

中秋远去月又残。

残荷盖已丢擎雨，

橙黄菊绿最流连。

——壬辰中秋拙画《门对双松图》自题

题《山关雪夜图》

雪压枝头三五杆，

夜色茫茫不觅山。

一轮圆月悄悄起，

水上树后寻山关。

——辛卯拙画自题

《雪山萧寺图》 孙满成 画

题《抚倪瓒鱼庄秋霁图》

太湖晴秋夕水间，

遥牵逶迤两脉山，

瓒写鱼庄与秋霁，

描摹赠僧今春寒。

——癸巳二月廿七题画

癸巳二月又廿七，

拜僧秋爽已月余。

又摹倪公元秋霁，

拙添四杆为求奇。

——癸巳二月廿二子夜题

为沈惠身兄摄《湘西张家界一景》所题

崖峭林密风无奈，

壑深潭静雾徘徊，

猎获神州奇山水，

湘西美景又入怀。

沈惠身 摄

我的书法情缘

汉字书写是国人幼年启蒙教育的主要功课之一，如果依汉字的书写法则而进入到汉字书写的艺术层面，便可称之为汉字书法。狭义而言，汉字书法多指用毛笔书写汉字的方法和规律。

就汉字书写历程而言，先写好汉字再到写成汉字书法作品需要漫长且循序渐进的过程。这其中除了持之以恒的刻苦练习之外，良好的启蒙教育、学习环境、专业指导也非常重要。本人的汉字书法学习历程也不例外。

家父对我幼年的启蒙乃至少年的教育引导过程我至今记忆犹。上世纪五六十年代出生在东北农村的孩子，与青少年时期的学习教育，尤其是汉字书写教育，影响最大的莫过于家庭环境的熏陶与父辈们的耳提面命与循循善诱了。

刚上小学，家父便时常叮嘱我把字写好，向我讲"字如其人""见字如面"的意思，与写一手好字的好处。当时姑父还在南方某军区做首长秘书，每每来信，父亲便首先让我拆开读给他听，主要是提醒我要向姑父学习写得一手飘逸潇洒好字以及如何组织好语言。这在我幼小的脑际中留下了深刻印象。

也几乎是在同一时期，家父把珍藏几十年的一本清末版的楷书体《百家姓》拿出来，让我照着写，并告诉我这叫"临摹"，还告诉什么叫"仿影"。再后来，家父才告诉我这本《百家姓》是先祖父传给他的。先祖父生于清光绪二十九年，识文断字，曾藏有许多古书，毛笔字写得非常好，家父小时候所摹的"仿影"都是先祖父亲自写的。解放前，先祖父居住在佳木斯市东南太平山镇，镇东头大庙上的抱柱联、匾额，乃至建庙时的功德薄都出自他的笔下，当地人都称其为"孙先生"。可惜天不假年，先祖父于新中国成立之初去世，年仅四十又七。

上世纪六七十年代的孩子们，对过年的期盼也仅仅是能穿上一件新衣服、放鞭炮、吃饺子等，而我从七八岁起，比别的孩子多了一项，就是可以为家里写春联。我 7 岁就上小学二年级了，记得那年春节，父亲指导我用毛笔完成的第一副春联是"春风杨柳万千条，六亿神州尽舜尧"，还有"金鸡满架""肥猪满圈""抬头见喜""出门见喜"等，还写了若干个"福"

字。我们几个孩子在冰天雪地的除夕前夜，用母亲熬制好的面糊贴春联，在父母的指导下忙得不亦乐乎。春节期间，乡亲们串门拜年来家里也经常夸一夸："这么点的孩子就写得这样好了，以后一定会有出息。"这些不经意间的表扬，激起了我对写毛笔字的兴趣，也总盼着过年能写春联，以致后来的每年春节都由我来执笔，越写越熟练，一直写到 17 岁考学离开家乡。也正是由于家父对我幼年时的启蒙使我一生与笔墨结下了不解之缘。

令我惊讶的是在 2009 年春节，年届古稀的家父在我家过年，在书房看到我写的书法作品，直面批评"你写的字没劲儿"；对我案台上的用品又一一说出专业的称呼，比如"笔帘儿""抓斗儿"等。我问道："您咋知道得这么专业？""解放前咱家都有，你爷爷文案上的用品挺讲究的，更重要的是他写的字比你现在写的字'有劲儿'。"，家父的回答如此云淡风轻。没想到我的书法启蒙老师还挺"专业"！原来家父对毛笔字的认识在其幼年时期受先祖父的熏陶这么深，却在我幼年乃至少年的成长的过程中，对我写的毛笔字不曾有过任何批评，总是持肯定态度、以鼓励为主。"可怜天下父母心"，几十年过去了，家父对我在汉字书写尤其在毛笔字书写方面的良苦用心，我才有所理解，也体悟到了幼年启蒙以及家庭环境的影响是何等的重要。

中小学时期，除了正常的文化课以外，老师的黑板字好坏对学生影响也很重要。1976 年，我上高中一年级，教我们数学的是萧老师，他那慢条斯理的神态、冷峻睿智的面孔，总是让我们望而生畏。他给我印象最深的不仅仅如此，也不是他小有名气的教学水平，而是其他老师所无法企及的漂亮板书，干净利索，一会儿仿宋体，一会儿"隶书"。这给我很大的启示，也就是从那时起才知道汉字有很多字体。因为我是萧老师的课代表，至今还记得那年的 9 月 9 日毛主席逝世，第二天，萧老师把我叫出教室，安派我去供销社买排笔和白漆。乡镇主要村口都搭设了棂门，上面写的"沉痛哀悼伟大领袖毛主席"板刷体大字都出自于他的笔下。40 年多年前的清晰画面依然在眼前晃动，这对我写好汉字影响颇深。

必须提到的还有我的发小韩振中，他是我半个多世纪来不曾间断交往的挚友，尽管两人一个在北京，一个在哈尔滨。他也写得一手好文章，更有一手好字。其家境和文化氛围比我家还好。我们两家是世交，从两三岁起俩个小伙伴就经常在一起，并一直玩到小学毕业，放学后常在他家里一起写家庭作业，也是在他家里第一次见到钢笔字帖，那是他哥哥从部队寄给他的。每次在他家写完课外作业后，便去翻翻那本字帖，也偶尔借来临摹。正是这种不经意间的见识，让我更进一步了解到什么样的字是"好字"，怎样才能写好字。

作者青少年时代与好友韩振中（右）合影照片

严格意义上说，"学写毛笔字"不等于"写书法"。会写毛笔字，也不一定懂书法，写好毛笔字只是写书法的基础前提而已。由兴趣变成爱好，以致进入专业学习不是一蹴而就的，必须经过不断勤学苦练的漫长过程，也难怪业界有所谓"40年不见得成为一位书法家"之说。

在17岁考学到省城读书的3年时间里，再到后来走上工作岗位至今，写毛笔字成为我生活中不可或缺的兴趣爱好，并不懈追求着，也渐渐开始了真正的书法学习。

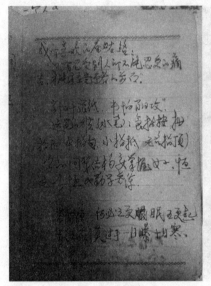 

作者 1981年日记照片   作者 1982年日记照片

　　仅凭每年春节写春联的经历，在省城上学时，居然斗胆敢用毛笔写一些集体活动的《倡议书》和学生会、团委组织的版报。也许是从这时开始我真正喜欢上了用毛笔写字，无论课余去图书馆还是周末去新华书店，都是关注并翻阅有关毛笔字方面的书籍，摘抄一些有关书法的基本知识。

　　"'字怕千张纸，书怕百日功'。运笔方法：'食指按，拇指压，中指勾，小指抵，无名指顶'。字的间架结构要掌握好，持之以恒地勤学苦练。'苟有恒，何必三更起五更眠，最无益，莫过于一日曝十日寒'。"这是我在 1981 年的日记摘抄。

1982 年 10 月 11 日，我在日记中这样写道："文如其人，书如其人"，书法是反映精神的艺术。一个人如果缺乏对生活的热情、向往和丰富的文化素养，就不能写出具有高尚风格的书法（摘自《青年报》1982 年 3 月 14 日版）。我开始对自己的字体进行研究，总结以往几年来的成绩与缺点，尽量使其完美，真正练一手好字，以填写其空白，正因为如此，我于今天买了几个本子、一只水笔、一瓶墨汁。晚上练了一个自习，甚感功夫不到，以后要每天坚持不断，直到成熟为止。"

以上这两段青涩、朴实且幼稚的文字，真实地记录了我当时对书法已经产生了兴趣，也体现了一个青年学子对书法学习的热情。

年届弱冠我毕业了，怀揣孝敬父母、报效祖国的梦想，像出笼的小鸟，飞向远方。走向社会，走出校门，走出养育我 20 年的黑土地。来到千里之外的燕赵大地，开始了我的职业生涯，成为一名建筑技术员，每天跑工地、吃食堂、住宿舍。生活相当艰苦，业余时间还兼任单位的基层团支书工作，用毛笔字出板报、写标语是常有的事儿。至今我还保留着 1988 年在北京焦化厂工地担任施工队长时简易活动板房办公室的资料和 1993 年我担任分公司经理室办公室的资料，封面都是我用毛笔写就的。尽管今天看起来有点幼稚可笑，但至少是当时自己的"喜欢与得意"。

开始挣工资了，最欣慰的除了每月给父母寄钱，便是买书这件事。1986年买的第一本关于初级书法知识方面的书是《书法技法述要》（上海书画出版社出版），工作30多年来，这本书时常翻阅一下，后来有关书法方面的书占据了我书架上的大部分，自然也是我业余所读书籍的主要部分。学习书法、学懂书法成为我业余生活的常态。

让我开始系统认识书法知识的是一次春节在上海的亲戚家里过年。偶然发现一本台湾出版的《中华书法史》（作者张光宝），因喜欢而据为所有。这本书对我系统全面地学习书法和欣赏书法作品起了至关重要的作用，从中才知道了写毛笔字的"门道"很多，写字与书法、书法与书法艺术的关系如何、区别所在，"书法艺术"竟是如此高深。

漫漫人生路，解决各种问题最有效的途径莫过于得到高人的开悟。书法学习亦如此。它是一门学问，更是一种深奥微妙的技艺。它很有趣，能激起人的好奇心，使人开心快乐，精神上感到愉悦、充实和满足。所以，很多人趋之若鹜，但是欲上升到高层次，除自学和勤学苦练外，必须有专业的指导。真正引导我走上书法专业学习之路的是冯其庸先生。

　　冯其庸先生是当代著名学者、国学大师、著名红学家、书画艺术大家。解放前毕业于著名的无锡国专，师从唐文治、王蘧常、钱仲联等著名文学大家，其中王蘧常先生就是国学及书法大家，曾被称为"当代王羲之"，其章草书法水平当代书界无人企及。冯老解放初被调入中国人民大学，从事古代文学史等学科的教学工作，曾因编写《历代文选》受到毛主席的高度肯定。后来又被调入中国艺术研究院工作。他的书法作品出自"二王"，传统绘画高雅古朴，以山水画最为精细，直追宋元。

2005 年，通过苏州的画家钱金泉先生介绍，我认识了冯老。十多年我与冯老的频繁往来，他老人家对我循循善诱、深入浅出地悉心指导和不断鼓励，使我在书法学习的道路上有了质的飞跃，可以说此时我才真正爱上了书法艺术。在不惑之年能遇见这样一位名师，实乃三生有幸矣。虽然没有拜师的任何仪式，但十多年的谆谆教诲、悉心指导使我成为他老人家晚年的编外学生之一。冯老的悉心教导，有时看似平常，但对我来说却是刻骨铭心。

那是在 2011 年 5 月 27 日，我带着临习的楷书作业向冯老家求教，冯老仔细检查后，指出了不足之处然后询问我临的是那个本？告诉他临的是清朝黄自元写的《九成宫》本。冯老当即就建议说："最好改临故宫藏本宋拓李琪《九成宫礼泉铭》。"他起身去书房找了一本来："这本影印得好，送给你吧！"接着又重新对照这个本子一一指点我的作品，还强调每次写的不要丢掉，经常对比一下，知道进步多少，逐渐增强自信。要多读贴，然后先对帖临摹再默临等等。结合我的特点，建议我学习书法的路径："楷书先学欧阳询的《九成宫礼泉铭》，之后学怀仁集王羲之《大唐三藏圣教序》,然后学王羲之的《兰亭序》，最后再学王羲之的《十七帖》，这是从楷书入手到行书再到草书的传统书法路径。"

中国传统书法文化的传承离不开"文房四宝"，其基本知识也非常丰富，尽管有些看似不起眼，但不经意间你就会犯些浅显的错误。记得有一次探望冯老，与之交谈话题又转到笔墨纸砚的选择与使用，他老人家对我耐心详细地指导，根据所写字体而确定何时选羊毫、狼毫、兼毫等不同的毛笔，以及如何用墨等基本知识和经验。更令我感动的是，我已经告辞从冯老卧室走到院中，冯老拖着尚未痊愈的身体追出卧室，让燕若大姐（冯老的大女儿）喊我回来。我清晰地记得，我回来站在一楼的楼梯上仰望着站在二楼的冯老，听到他一句叮嘱："洗毛笔时千万不要用热水，要用冷水轻柔洗，否则会破坏笔根的胶，影响笔的质量甚至把笔毁掉。"多么细微的体贴与提醒，一位学富五车的耄耋老者，竟拖着尚未痊愈的身体，对我这位名不见经传的普通的书画爱好者的细心叮嘱。

走出冯老小院，我的内心有一种莫名的感动，眼圈一阵阵发酸。父母的体贴也不过如此而已，更何况我等无名小辈。如若不努力，情何以堪！我坐在驾驶室平静了好一阵才启动车子离开。

对学生来说，受到心中敬仰的师长的肯定是难忘的，更是一种增强信心的动力。俗语说："好孩子是夸出来的"，我体会到了。2015 年 5 月 23 日，我带着业余时间用小楷抄写了五千多字的《金刚经》作品，向冯老汇报作业。也是在冯老的卧室，冯老一页一页认真地翻看着，不时露出满意的笑容，并问我用了多长时间完成的这幅作品。我说每天多则 6 个小时，短则 3 个小时，累计用了近一个月的时间完成的。这幅作品裱完可能达 21 米。冯老听完汇报后称赞道："不容易，小楷写的不错了，但还要坚持。"这时冯老将眼光投向站在对面的海英（冯老的助手）说道："你要向满成学习。"这是冯老第一次对我的充分认可。我为此感动了好长一阵子，让我更加坚定了书法爱好的信心。激动过后，更加清醒地认识到，我与冯老

冯老为作者指点小楷作品　　2015年5月23日

的要求还相差甚远,唯有奋发有为,孜孜以求,不懈努力才是!

　　最让我刻骨铭心乃至终生难忘的是 2017 年 1 月 2 日,我与好友纪峰及其朋友吴静探望冯老,清晰地记得冯老当时仰靠在二楼卧室的沙发椅上。这时的冯老听力远远下降了,其身后的幽若二姐(冯老的二女儿)贴在其耳边大声传话。我坐在冯老右侧的凳子上,紧紧握着他老人家温暖的手,没等我开口,他老人家便开口说到:"满成,你的小楷写得不错了,真不简单,不容易呀,还要坚持不懈地努力!"幽若二姐连声道:"我爸表扬你呢!你的小楷作品很少看见你在朋友圈

作者（左一）、纪峰（左二）看望冯老 右一为冯老女儿幽若 2017年1月2日

里秀呀！"这番鼓励被站在一旁的纪峰的朋友吴静拍了下来。哪知这竟是冯老对我的最后一次表扬和鼓励，这语重心长的教导竟成了冯老对我的诀别！仅过去 20 天，1 月 22 日，冯老与世长辞！他老人家的谆谆教诲与鼓励成为冯老对我在书法学习道路上永远的鞭策。

岁月飞逝，一转眼我已两鬓斑白，年逾知天命，但对修身修为仍然壮心不已，乐此不疲。随着职业生涯的渐近尾声，对书法艺术的学习创作成为对我人生的主要追求！我定当孜孜以求，不懈努力！不辜负那些在学习中国传统文化过程中关心、支持和帮助过我并与之结缘的人们！

2017 年 3 月 19 日搁笔

修改于 2020 年 8 月 6 日